JN122245

ラブオールプレー
勇往邁進

小瀬木麻美

ポプラ文庫ピュアフル

Contents

目次

プロローグ 6

第一章 出会いは突然に 12

第二章 入学、そして入部 32

第三章 夢を見るのもつかむのも、そのために努力をするのも自分自身 52

第四章 塵も積もれば山となる 73

第五章 助走 88

第六章 バトンをつなぐということ 103

第七章 連覇の厳しさ 127

第八章 絆 162

第九章 リーダーであること 179

第十章 守りには入らない 202

第十一章 夏合宿、イン野沢温泉 224

人生には二通りの生き方がある。
一つは奇跡を信じない生き方。
もう一つは、すべてを奇跡と信じる生き方だ。

アルベルト・アインシュタイン

横浜湊《よこはまみなと》高校を卒業し大学に進学したその夏、内田輝《うちだあきら》は、野沢温泉村にいた。

今年から、横浜湊は夏合宿を、長野県の北東部にある野沢温泉で行うことになった。

多忙な海老原《えびはら》先生の代わりに、卒業と同時に、今までお世話になっていた柳田《やなぎだ》さんからコーチを引き継いだ輝が、前乗りして体育館を管理している役場やお世話になる宿舎との細かな打ち合わせをするためだ。

同行者は、菱川真一《ひしかわしんいち》さん。

同じく横浜湊のコーチで、輝よりは三学年上のバドミントン部の先輩にあたる。

輝が入部した時にはすでに卒業していたので、輝にとっては、先輩というより、頼もしくもあり、厳しくもあるコーチのイメージが強いが。

今まで横浜湊高校バドミントン部は、夏合宿を学校内の施設でやっていた。

しかし、年々、夏の暑さは厳しさを増し、猛暑がもはや定番になってきている。

他の部活も合宿を行うため、合宿の日程調整も困難をともなう。

そこで思い切って、少しでも涼しく合宿できる場所を、輝は春先から探していた。

その日も、後輩たちの練習を見た後、食堂を借りてパソコンで色々と候補地を調べていると、それをのぞき込んだ菱川さんがニッと笑って言った。

「野沢温泉にしない？」

「野沢温泉……なぜですか？」

「早教大《そうきょうだい》さ、毎年そこなの。合宿所があるから。うちのOB連中くらいならいっしょに泊まれるし、宿代も浮くだろ？　っていうか、俺と水嶋《みずしま》はついでに、いや、うまくやれば合同練習もできるじゃん？　最後の試合形式の練習あたりでさ」

輝はパソコンで野沢温泉を調べる。

体育館や学生の合宿に慣れた宿もたくさんありそうだ。

アクセスもそう悪くない。

「それにさ、来年のインハイって長野だよね？　気候や環境に慣れておくのも悪くないんじゃない？」

「確かに。それは、ありがたいですね」

「だろ？」

「野沢温泉で、今から予約できる宿があるかどうか、体育館の使用が可能かどうか確認してみます」

「体育館は、最悪早教大と重なってもいいさ。格上との合同合宿、いいだろ？　宿は、俺らが昼の弁当をよく頼んでいるところが民宿もやってるから、部員たちにはそこどうかな？」

宿の名前も教えてもらい、調べる。

評判はいい。それにとてもリーズナブルだ。

「善は急げ。……電話してみたら？」

自分のチーム合宿と横浜湊でのコーチ業をスムーズにこなしたい菱川さんにうまく丸め

込まれた感はあるが、海老原先生の了解をとり、輝は、野沢温泉での夏合宿の準備を進めた。

宿はすぐに確保できた。

体育館は、早教大の前二日が空いていたのでそこを押さえ、残りの二日は、菱川さんのお言葉に甘え、早教大との合同合宿となった。

そして今日、現地に前乗りした。

菱川さんと、部員たちが泊まる宿舎に二泊し、みんながやってきた後は、人数の都合もあり、輝は、早教大の合宿所にお世話になる予定だ。

宿の女将《おかみ》さんと朝昼晩の食事の内容を打ち合わせたり、部屋割りやお風呂、洗濯の時間割なども、事前に決めてきたもので大丈夫なのかチェックしたりする。

緊急時の病院の場所や、車の手配なども確認する。

体育館までの道も歩く。

部員たちは、朝夕ここをランニングしていくはずだ。

結構な急坂になっているので、帰りは疲れた体に厳しい道のりになるかもしれない。

「こんくらいやれなきゃ、合宿に来る意味ねえだろ」

菱川さんは笑うが、同じ口で、「ちょい休憩しようぜ」と坂道の途中でおしゃれなカフェに入っていくのはどうなんだろうか、と輝は思う。

しかしまあ、輝も喉が渇いていたので、背中に続く。

「輝さあ、お前……凄《すご》いよな」

水を飲みながら菱川さんが言う。

「は？　え？　なにがですか？」

「しんどかったろ？　高校で初めてラケット握って、あの練習に耐え抜いて、部長になって。……とんでもないプレッシャーの中で連覇とか。ある意味、初優勝より連覇の方が圧強いしな」

「まあ、そうですね」

「その上、天下の東大に一発合格。凄い以外に言葉が見つからねえし」

「ありがとうございます。でも、ちっとも凄くなんかないですよ。……どれもこれも、支えてくれる人がいたからだし。……でも、まあしんどかったですね。やっぱり」

飲み物が運ばれてきた。

「アイスコーヒーは？」

「あ、俺です」

右手を軽く上げてから菱川さんが立ち上がる。

「早教大四年バドミントン部元部長、菱川です」

そういえば、菱川さんは、部長を引き継いだばかりだった。社会人チームへの入部が決まっているので、この合宿を最後に、そちらの練習に参加すると聞いている。

「えっ。あ、はい」

スタッフさんは驚きながらも、菱川さんの席にアイスコーヒーを置く。

そして、レモネードを輝の前に。

「ちょっと待った！」

「は？」「え？」

輝とスタッフさんの声が重なる。

「輝も、やれ。自己紹介」

「なんでですか？　こちらにも迷惑ですよ」

「練習、練習。輝ちょいカタイじゃん。緩いところもあった方が、コーチとして幅ができるしな」

練習……これが？　意味がわからない。けどやらないと収まらないんだろうな。

仕方なく、輝は立ち上がる。

「大学一年生。内田です。バドミントンやってます」

スタッフさんは苦笑いだ。輝は申し訳なくて、頭を下げる。

いえいえ、と言いながら、スタッフさんは少し早足でカウンターに戻っていった。

「これ、俺、周《あまね》さん、お前の兄さんに能見台《のうけんだい》のカフェでやらされたんだ……」

菱川さんが遠い目になる。

「……それは申し訳なかったです」

「周さん、元気かな？　今カナダだっけ？」

「はい。元気に楽しくやってるみたいです」

「あの人、いっつも楽しそうにあれこれ企んでて。まあ俺もよく引っ張り込まれたんだけど。……人たらしだよね、あの人」

「そうですね。でも、勘弁して欲しい時もありますよね」

輝が言うと、菱川さんは「だよね」と言って、ストローに口をつける。

輝もレモネードを飲む。

冷たさに酸味と苦みが混じり合い、喉をスッと通り過ぎる。

なんともいえない感情が湧き上がってくる。

カフェの壁には、美しい信州の山々の写真や絵画が飾ってある。それを何とはなしに眺めていたからかもしれない。

高い山を遠目に見ているのはこんなに美しく心が癒されるのに。……いざ登るとなると、厳しく苦しい道のりが延々と続いていく。

だけど、登り切った者だけが見られる景色は、この写真や絵に負けないほどの煌《きら》めきがある。

そう、僕はそれを見ることができたんだ。あの仲間たちといっしょに。

輝は思い返す、あの永遠とも感じた、短い輝かしい日々を。

第一章　出会いは突然に

煌めいていた。

飛び跳ねていた。


汗が、笑顔が、音が。


「兄さん、僕、行きたい場所を見つけた！」

玄関に兄・周の靴を見つけた輝は、勢いよくリビングに飛び込み、そう言った。

「へえ」

兄はリビングのテーブルに広げた書類から目を上げ、いつも通り、ひょうひょうとした笑顔を輝に向けると、そっとティーカップを持ち上げた。

「お前も、飲む？　紅茶」

兄の淹《い》れる紅茶は美味《おい》しい。凝り性だから、かなり研究したらしい。

でも。

「あ、僕は、自分で入れる」

今は、冷たい飲み物で、火照《ほて》った体を落ち着けたい。

兄は頷《うなず》いて、読みかけの書類に目を落とした。

――留学の書類かな？

五歳年上で、大学二年生の兄は、来年の秋から、カナダのバンクーバーにある大学への留学を希望している。

そのための準備を中学生の頃から始めていて、大学に入学した昨年からそれがずいぶん具体的になってきた。

必要な語学には問題ない。

兄は英語とフランス語が堪能《たんのう》だ。挨拶程度ならもっと多くの言語をマスターしているらしい。

「言葉を理解すれば、その国の歴史や文化、人のあり方なんかを理解しやすいから」

兄はよくそう言っている。

留学先で学びたいことも、言語学や人類学らしい。

兄は人が好きなんだ。……僕と違って、と輝は小さなため息をつく。

兄がこの家を離れてしまえば、僕は本当に一人だ。

両親は穏やかで優しい人たちだけど、気安く悩みや希望を打ち明けることはできない。心配をかけたくない。……心配しすぎるから。

ただ一人、なんでも話せる輝の一番の心の拠《よ》り所である兄は、友だちが多く、多才で人望もある。うらやましく思いながらも真似《まね》をしたいとは思わない。

できないと言った方がいいかもしれない。

冷蔵庫から冷えたアイスコーヒーとミルクを取り出し、ミルク多めのアイス・カフェ・オレを作った。

冷凍庫も開け、氷をいくつか放り込む。

その間に、冷めやらぬ興奮と、夏の名残なのか強めの暑気にあてられた心身が、少し落ち着いた。

グラスを手に、いつもは父が座っている兄の向かい側に座る。

一口飲み、冷たさが体をスッと通っていく感覚に身を委ねてみた。

美味しい……。凄く潤う。

飲み物を、こんなふうに美味しいって感じるのは、久しぶりかもしれない。

「で？」

兄が、紅茶のお供にしていた、母の手作りのクッキーを差し出しながら訊《き》く。

「え？」

「めずらしいからさ。輝がそんなに興奮するなんて。……何を見つけた？」

兄の目は、好奇心でキラキラして見える。

「どんなものに出合った？　行きたい場所って？」

輝は、もう一口アイス・カフェ・オレを飲んでから言った。

「僕、横浜湊高校に行きたいんだ！」

身を乗り出さんばかりだった兄が、冷めた表情になり眉根を寄せる。

横浜湊は、兄の母校だ。

なのに、なんで、そんな顔？　もしかして、僕の学力じゃムリってことなのかな？

いや、でも、調べた限りでは無理のないレベルだったはず、と輝は首をひねる。

「あそこは、色々面倒だぞ。お前なら特待生で合格間違いないだろうけど」

学力の問題ではないらしい。

「色々って？」

「なんていうか、色んな分野のはみ出しエリートが集まってくるから、プライド高い奴が多いっていうのか。こだわりが強すぎるっていうのか」

そういう兄も、こだわりが強いエリートだったはず。

進学校でもある横浜湊で特待生として過ごし、二年続けて生徒会長をしていた人だから。

――その兄が面倒って言うなんて、どんな人たちに囲まれていたんだろう？

うん？

でも兄さん、よく見れば嫌そうじゃない気もする。ムリに仏頂面を作っているような……。

兄は少し笑っていた。しかめ面をしながら。

「でも、出会っちゃったんだ」

あのキラキラした人たちに！

「出会った？　……まさか、マドンナに!?」

兄からわずかにこぼれていた笑みが消え、眉間のしわが深くなった。

「え？　マドンナ？」

輝の頭には、世界的に有名な歌手の顔しか浮かばない。

「学校のあちこちにポスターが貼ってあっただろう？　きれいはきれいだけど、なんか企んでるような、うさんくさい笑顔の女子のポスターが」

……ああ、そういえば。

輝は頷く。

「あの人、マドンナっていう名前なの？　確かにきれいな人だったけど、外国の人には見えなかったけど」

兄が紅茶を噴き出しそうになり慌てる。

「いや、あれは水嶋里佳《りか》っていう、正真正銘の日本人だ。……入学式当日から全校生徒の耳目を集めた、憧れの的、っていうことでマドンナってみんなが呼んでただけ」

「マドンナ……坊っちゃん！　夏目漱石《なつめそうせき》だね」

「そうそう」

言いながら兄は、輝はどこまでも輝だな、と笑っている。

——どういう意味だろう？

「で、あいつじゃないなら、誰に出会った？」

兄は輝に、再び好奇心いっぱいの目を向けた。

輝は、兄を見て言った。

「汗と笑顔と、音!!」

「は？」

「凄く躍動感があって楽しそうで、活き活きしてた。青春の鼓動が聞こえてくるみたいで。……僕もあの中に入りたい。いっしょに汗をかいて笑顔で苦しいことを楽しみたい！　って思える人たちに、出会ったんだよ!!」

兄は目を丸くした。

「青春の鼓動!?　笑顔で、苦しいことを楽しみたい？　なんだそれ」

「だって、凄くしんどそうで苦しそうなのに、みんなキラキラしながら笑ってるんだ。体育館中に、好きがあふれてた！」

兄は、怪訝《けげん》な表情で首を傾《かし》げている。

「うん？　ダンス部でも見た？　それともエリート集団の野球部でも見たか？　いや体育館なら卓球部か。お前、卓球部だったもんな」

確かに卓球部に所属はしていた。ほとんど基礎練習だけで試合経験もないけれど。……実力が足りないのなら仕方ないが……あれって、ゆるーいイジメだった、と思う。勉強できる奴は、そっちでいい顔してればいいって、言われたこともある。

輝は、苦い体験を思い出す。

でも、最後までやめないで頑張ったことで、得られた体力、気力は自分の宝物だ、と今ではそう思っている。

「学校見学で見たんだ。バドミントン部を」

「バド部?」

「そう。バドミントン部! ……なんか僕と同じ中学生が練習に来ていて」

「……ああ。そういやバド部もインターハイの常連だな。遊佐賢人《ゆさけんと》っていうスーパースターが来て推薦枠も増えたって、元部長の菱川が喜んでたっけ……。中学生っていうことは、入学が決まった子たちが練習に来てたのかな?」

「そうなのかもしれない」

きっとそうだ。だとしたら、やっぱり横浜湊に行かないと。そしてバドミントン部に入部するんだ。

「……それでね、凄かったんだよ。その中学生たちが」

「中学生が? 遊佐賢人じゃなく?」

誰がどんな名前なのか、輝にはわからなかった。

——そういえばもの凄くうまい人もいた気もするけど。でも僕が惹《ひ》かれたのは、同じ中学生。だって、みんな中学のジャージ着ていたし。やっぱりちょっと幼い顔つきだったしね。いや、僕はあの中に入っても、たぶん一番弱々しくて幼い感じだろうけど……。

「うん。……練習に慣れてないのか、とってもしんどそうだった。でもね、もの凄く頑張ってて。……時々、笑うんだ。楽しい！　って誰にでもわかるような大きな笑顔で」

「へえ」

「それで、あの、シャトルを打つ時のパシュッ、スパッていう音？　あれも耳心地が好《よ》くて、シューズが床をこする時のキュキュッていうスキール音？　……あれって今まで好きじゃなかったけど、リズムがいいからなのか、凄く心地好かったんだ。どんどん気持ちが高揚してくるっていうか」

兄が若干引き気味なのはわかっていた。けれど、この際、兄の気持ちは置いておこう。大事なのは、今、僕が感じているこの想い。それもこれも、きっと彼らの汗まみれの笑顔のおかげかな、と輝は無意識ににやにやしてしまう。

「お前が、そんなに興奮するなんて、ほんとめずらしいな」

兄は、急に立ち上がった。

そして、大きく深呼吸する。

それから、輝を見て頷いた。

「輝、横浜湊に行け!!　そんで、煌めく青春を送れ!!」

兄は、大きな声でそう言いながら、アニメの主人公のように拳を握り高く掲げた。

おかげで、少し冷静になれたのかもしれない。

「受験、頑張るよ……」

輝は、椅子に座ったまま静かに答えた。

「なんだ？　ノリ悪いな。ほらお前も立って、そんで大声で叫べ。拳を掲げろ！」

「ええっ。イヤだよ」

恥ずかしいし。

「なんで？　ヤレって！　上がるぞ。気持ちが。そんでもっともっとやる気が出るから」

兄は、目を輝かせ、自分のことのように楽しそうだ。

こういう時の兄には逆らえない。

輝は仕方なく立ち上がる。

それから、何度も繰り返し、輝は拳を掲げさせられた。

「横浜湊に行くぞ！　青春バンザイ!!」

大きな声で叫びながら。


僕は兄が大好きだ。でも、時々、もう勘弁してよ、と輝は思うのだった。


秋も深まり、二学期の期末テストを終えた放課後、輝は職員室に担任の藤川《ふじかわ》先生を訪ね、進路変更を報告した。

横浜湊は、輝にとっては第三志望の学校だった。

　なので、第一志望だった都内の進学校と第二志望だった近隣の公立高校を受験せずに横浜湊一本に絞ることを伝えた。

「内田くん、急にどうした？」

　藤川先生が訊いた。

「君なら、第一志望のK高校も間違いなく合格できると思うけど？」

「志望校三校を全部見学して決めたんです。その上で横浜湊に行きたいと思いました」

「……いや、横浜湊も県内有数の進学校だし、特別進学コースなら授業内容も問題ないとは思うが。……ただなあ、あそこはユニークというか、癖があるというか」

「知ってます。兄が通っていましたから」

　そしてたぶん、そのユニークで癖がある代表が兄だったはず。

「そうか、お兄さんが……なるほど」

「心配してくださってるんですよね？　僕が、そういう学校でまた苦労するのではと……」

　藤川先生は、今の輝の現状をとても憂いてくれていた。

　輝は、引退した部活だけでなくクラスでも少々、いやかなり浮いていた。

　孤立している、と言ってもいいだろう。

　だからといって、なんとしてでも仲のいい友人を作りたい、とかクラスメイトとうまくやりたい、とも思っていなかった。

みんなは輝を理解できなくても、輝はみんなの気持ちがわからないでもなかったから。

小さい頃から、輝は、勉強が好きだった。

誰かと競う、というより、一人でどんどんと深みにはまっていくタイプ。

わからないこと、知らないことがあれば、寝る間も惜しんでわかること、知ることに時間を費やしてきた。

幸い家庭環境にも恵まれていた。

学業優秀な兄がいて、父は大学教員なので教えることはお手の物。母も今は専業主婦だが資格マニアで勉強好きだったから、どうしても手に負えない問題には、家族から的確なヒントをもらうことができた。

そんな環境だったから、輝は、中学に入った頃には、高校二年生程度の学力があった。

これでコミュニケーション能力が高ければ、もしかしたら兄のように人望のあるリーダーになれたかもしれないが、残念なことに輝にはそれが欠如していた。

出る杭《くい》は打たれる、と言うが、輝の場合、周りを透明の箱で囲まれ、別の空間と認識され、「注意!」と貼り紙をされているような感じだった。

そう、まるで触らぬ神に祟《たた》りなしとでもいうように。

きっと兄も、輝と同じように貼り紙をされた経験はあると思うが。兄は輝と違ってとにかく人が好きで社交的だったから、きっとこっそり、貼り紙を「このボタン押すな!」とかに貼り替えていたのだろう。

人は、「押すな」と言われたボタンを押したくなる生き物だから。

そして、いたずらで、あるいは勇気を持ってボタンを押した人たちを、兄は自らの仲間にしていったのだろう。

残念ながら、輝は貼り紙を貼り替える気にはならなかったし、こんな状態をさほど嫌だとも思っていなかった。

だから、浮いているのか浮かされているのか、微妙なところだ。

学級委員や面倒な学校行事の責任者を選ぶ時にだけ「内田くんがいいと思いまーす！頭いいし、受験勉強の心配もないので」などと役目を押しつけられても、淡々とそれを受け入れていた。

それ以外はひたすら存在を無視されていることにも、さほど憂いはなかった。

ただ、そんな輝のことを、藤川先生はわかっていていつも心配してくれていた。

もっとも、あからさまに暴力を振るわれたり暴言を吐かれたりしているわけでもないので、どう対処すればいいのか、悩んでいるようだった。

「……大丈夫です。僕は、あの学校なら、きっと今とは違う時間を送れると思ったんです。勉強だけじゃなくて」

「そうか。……それなら、私から言うことはこれだけだ」

先生は、まっすぐに輝を見つめた。

「いい高校生活を送って欲しい。君は、一人でも孤独を感じていないのかもしれないけれど、……でも人はずっと一人ではいられないから」

輝は、先生の言葉に笑顔で答えた。

「……先生、最近は、僕に声をかけてくれる人もいるんですよ」

「えっ？」

藤川先生は気づいていなかったようで、とても驚いた。

「畑中《はたなか》くんと水木《みずき》さんは、放課後僕が卒業アルバムの編集をしているのを手伝ってくれています」

初めに声をかけてくれたのは畑中くんだった。

正直驚いた。

畑中くんは、輝ほどではないけれど一人でいることが多く、物静かで、休み時間はたいてい文庫本を読んでいるようなタイプだ。

一度だけ、どんな本が好きなのか？　と聞いたことがある。輝も本が好きなので気になったのだ。

「えっと、死んでる人の本かな」

畑中くんは、はにかんでそう答えてくれた。

「え？」

輝は、一歩後退《あとずさ》った。

死んでる、という言葉が衝撃的すぎて、どういう意味なのか理解できなかった。

「夏目漱石とか、永井荷風《ながいかふう》とか、……そういう」

畑中くんが、そんな輝を面白そうに見て言葉をつけ足してくれた。

なるほど。……ああ、そういう。輝は頷きながら元の位置に戻った。

「今を生きてる人の本は、ちょっと怖いんだ」

畑中くんは身震いした。

わからないけど、わかる気もした。

いや、わからなくてもいい、受け止めておくだけで、と思った。

畑中くんは、根気のいる作業も得意だ。

作業中ほとんど言葉を交わさないけれど、二人ともなんとなく互いに何をすればいいのかわかっていた。

とても心地好くこの作業を楽しんでいることも。

それからしばらくして、水木さんが手伝ってくれるようになった。

水木さんは、かわいらしい女子だ。小柄で、アニメの主人公のような、ちょっと惹かれる声質だ。

男子にはもちろん、女子にも人気がある。

輝は水木さんとは、挨拶以外言葉を交わしたことがなかったので、声をかけられた時は、畑中くんの時より驚いた。

「内田くん、私も何か手伝えないかな？」

放課後の窓からの淡い光を背に、彼女がはにかんだような笑みを浮かべてそう言った時、なんだかとても絵になるな、と思ったことを覚えている。

「嬉しいけど、……いいんですか？」

輝と仲良くすると、水木さんも周囲から無視されたり、陰口をたたかれたりするかもしれない。

いやたぶん、水木さんくらい人気者だと、その心配はあまりないとは思うけれど。

「うん。というかやらせて欲しい。私は推薦組だし。……それより内田くんと畑中くんは受験組だよね？」

「ああ、うん。そうですね」

確かにそうだが、輝に限って言えば、受験へのハードルは低い。正直、明日受験しても合格できる自信があった。

「ごめんね」

水木さんは、泣きそうな顔になった。

輝と畑中くんは顔を見合わせ、お互いのちょっと困った顔を見て苦笑した。

「なにがですか？」

なんとなく、答えはわかっていたけれど、訊いてみた。

「私、なんでもかんでも面倒なことを内田くんに押しつけて知らん顔してるの、ダメだって思ってた。……でも勇気がなくて言えなかった。みんなに嫌われたくなくて」

やっぱり、そういうことか。

クラスの中に一定数、そういうふうに気に病んでくれる人がいることはなんとなくわかっていた。

だから頑張れたのかもしれないな、とも思う。そして、手伝うことで水木さんの罪悪感のようなものが少しでも軽くなるならそれもいいかな、と輝は思った。

輝は藤川先生に、少し変化のあった輝の放課後をかいつまんで話した。

「気づいていなかったよ」

藤川先生は意外そうに言い、そして自嘲するような笑みを浮かべた。

「僕の代わりに学級委員の集まりに出てくれる人もいます」

二人が手伝ってくれるようになってから、輝に声をかけてくれるクラスメイトがちらほら出てきた。たぶん、人気者の水木さんの影響だろう。

中でも、神田《かんだ》さんはとても協力的だった。

いくつかの委員を兼任していたので、委員会が重なったりした時は、どちらかを肩代わりしてくれたり、提出物が遅れている人への注意なども、引き受けてくれたりした。

「そうか……」

「くさらず一生懸命やっていると、それを見ていてくれて手を差し伸べてくれる人はちゃんといるんだな、って思いました」

そう、祟り神ではなく人として輝を見てくれる人たちも、少しずつ出てきた。

でもそれは、輝がちょっと変わったからかもしれない。

「なんか、内田くん、雰囲気変わったよね？　前はちょっと異次元に頭よすぎて、ずっと上から見下ろされてる感じで怖かったけど、同じ目線で見てくれるようになったっていうか。……それに明るくなったよね」

水木さんが言った。

――あの場所で彼らを見つけたからだろうか。

あそこで汗にまみれて、だけどめいっぱい笑顔でハイタッチとかしてみたくなった。だから。

「そうですか？」

見下ろすのではなく。というか彼らとともに体育館にいるのなら、見上げることばかりだろうが、それでもいつかはともに同じ場所で笑い合いたいと思ったから。

「何かいいことあったの？」

「あったっていうか、凄く素敵なものを見つけたって言った方がいいかもしれませんね」

「内田くんって、おとなしそうに見えて、意志が強いっていうか、自分を曲げないよね。そんな内田くんが変わるほど素敵なものってなんだろう？　凄く興味あるな」

畑中くんが、選別している写真から目を離さず言う。

「外柔《がいじゅう》内剛《ないごう》、に見えるってことですか。……どうでしょうか？　気が強いと自分で思ったことはないんですよね」

輝を変えてくれたのは、それはあの彼らのキラキラした躍動感だ。しかしさすがにそれは口にできない。恥ずかしすぎる。

兄とともに、拳を振り上げたあの記憶がよみがえる。

「……いっしょに作業するようになって思ったけど、内田くんって、四字熟語とかことわざ、好きだよね」

「そうですかね。……そうかもしれませんね。そういうものには、先人の知恵が詰まっていますから」

「ほらまた、先人の知恵、とか言ってるし」

「あ、そうですね」

「そんで、誰にでも丁寧語だよね。なんで？」

「うちは、親の仕事の関係で目上の人の出入りが多いからでしょうか。こういう話し方だと失礼にならないので」

父のゼミの学生さんや、学者仲間の方が頻繁に我が家にやってくる。

輝からしたら、すべてがかなりの目上の人ばかり。丁寧に話すのは、幼い頃から自然と身についた処世術だ。

「へえ」

「俺、好きだよ。内田くんの話し方。嫌みが全然ないし。慇懃《いんぎん》無礼の対義語ってあるのかな？　内田くんってそういう感じ」

「ありがとう。慇懃無礼の対義語ですか……誠心誠意でしょうか」

「……なんか微妙に違う気がする。内田くんに誠心誠意は」

水木さんが、頭を振る。

神田さんと畑中くんは、顔を見合わせ笑っている。

ちょっと失礼だと思う。

「……内田くんて、中身が黒いとまでは言わないけど、グレーだよね」

否定はできないし、多少の自覚もある。

「なら、慇懃無礼の斜め上、でいいか」

「長いよ！　斜め上だけでよくない？」

「四字熟語じゃないけど、それがぴったり」

輝以外の三人が、頷き合って笑った。

水木さんの笑顔は、まぶしいほどキラキラしていて。

それを、少し離れた場所で、ちょっと悔しそうに見ている男子グループに、輝は柔らかい笑みを向けた。

「あ、そういうとこね。……グレーな笑みが似合うよ、内田くん」

なるほど、なるほど。

輝は、斜め上を見上げてから頷いた。

「きっと、先生が、無視は暴力といっしょだ……それに、誰かにだけ重荷を背負わせ知らん顔しているのは卑《ひ》怯《きよう》だって、ホームルームでたとえ話にして言ってくれたからだと、僕は思ってます」

輝の言葉に、先生は本当に嬉しそうに笑った。

「……なら、言い直すよ。……高校では、苦しくても悲しくても、ともに乗り越えられるような仲間を見つけて、嬉しい時にはいっしょに笑い合える、そんな時間を送って欲しい」

輝は頷いた。

「必ず、そうします」

第二章　入学、そして入部

桜の花びらが最後の舞を踊っているような春の日に、輝は、母と横浜湊の入学式に出席した。

三年ぶりの全科目満点合格者として、新入生代表の言葉を打診されたが、目立つことは苦手なので、これは辞退した。

新入生代表の言葉は、横浜湊の大看板、野球部にスポーツ推薦で入ってきた青野健《あおのけん》くんが、とても堂々と、カリスマオーラを漂わせながらこなしていたので、輝は辞退した自分を心から褒めてあげたいと思った。

式典が終わり、特別進学コースの教室に行って驚いた。

二十五人と少数精鋭なのだが、そのうち男子は七人、あとの十八人が女子だった。

横浜湊は元男子校なので、全体的には男子の数が多いから、よけいに。

簡単に、明日からの予定が伝えられ、ホームルームはすぐに終わった。

担任の夏木《なつき》先生が教室を出ていくとすぐ、「内田くんだよね」と後ろの席から声がかかった。

振り向いて確認したが、知らない顔で、数少ない男子の一人だった。

「そうですが？」

「俺、野々村悟《ののむらさとる》。内田くんが辞退したからって、代理で新入生代表の言葉を依頼された二番手の男だ」

「えっ、そうなんですか」

でも確か。

「けど。もちろん俺も断ったよ。二番なのに代表って、なんか色々みっともないし。……だったら、スポーツクラスで有名な人にお願いした方がいいんじゃないですか？　って言ってね」

「そうですか」

野々村くんなら、見栄えもいいし、会話能力もありそうだから問題なかったようにも思うけど。でもまあ、青野くんのスピーチは素晴らしかったから、正解だったのかな。……どっちにしても、辞退した輝があれこれ言うようなことでもない。

「内田くん、全教科満点だったんだってね……凄いよね。二番の俺の点数わかる？」

輝は首を横に振る。

ただ。五教科すべて九十点以上が最低ラインと聞いていたので、どちらにしても、そんなに自分と差があったとは思えない。

「二番の俺が四百六十二点。後は最低ライン超えなかったから、今年は合格ラインを大幅に下げたんだって」

「そうなんですか」

もし本当なら、入試問題の作り方が悪かったとしか言えない。

「……内田くん、もっと凄い進学校に行けばよかったんじゃ？」

「どうしてですか？」

「だって、入試問題の数学、ちょっとヤバいくらい難しかったじゃない？　俺も点数落としたの、数学だけだからさ。……あれ満点って、ここの授業じゃ物足りないと思うよ？」

確かに、数学は少し難易度が高かったとは思う。

「勉強だけが、高校生活じゃないですし」

そう。僕には他にやりたいことがある。

「はあ？　だって、なんでじゃあ、特進に来たのさ。勉強が得意でいい大学に進学するためじゃないの？」

「勉強は好きですよ。知らないことを知る過程にはゾクゾクします。ここの特進を選んだのは、兄の勧めもあります」

またしてもあの日の、兄との「横浜湊に行くぞ!!」コールを思い出し、輝は苦い笑みを浮かべる。

これはもう、消えない記憶として、心に残り続けるのかもしれない。とても、とても不本意だが。

「家からも近いし、いい先生が揃《そろ》っているって。……兄がそう言うからには、物足りないってことはないと思います。……それに僕は、絶対、横浜湊に来たかったので」

「ふーん……それってどういう理由？　聞いちゃダメ？」

ダメではない。けれど聞いても理解できないとは思う。

「僕は、横浜湊のバドミントン部に入りたいんです。そのためにここに来ました」

輝は、改めて自分にも言い聞かせるように宣言した。

「バドミントン部？」

野々村くんが、これ以上はないというほど、キョトンとする。

「はい、横浜湊高校バドミントン部です」

「ずっとやってたの、バド？」

「いえ」

「なのに、いきなりバドミントン、高校デビュー？」

「はい」

野々村くんが、苦笑した。

「……ちょっとバカなの？　いや、内田くんがバカなら、今年度入学者全員がバカってことになるけどさ」

――そう、僕は、バカなのかもしれない。でも恥じることなど何もない。いやむしろ、バカであり続けたい、と輝は心の中で思う。

「へえ。……なら俺も、入ってみようかな、バド部」

「え？」

「えっ？　ってなんだよ」

野々村くんが、心底理解できない、という目で輝を見る。

「横浜湊のバド部は野球部みたいに学校のアイコンにはなっていませんが、ここ数年は毎年インターハイに出場している強豪なんです。なので、それなりに練習は厳しいかと」

輝も、できる範囲で横浜湊バドミントン部の情報は仕入れている。インターネットで集めることができたものに限るが。

「そうなの？」

「はい」

「じゃ、なんで内田くんはここのバド部に入るの？」

「僕は、……僕は、今までひたすら何かに打ち込んだことも、打ち込めるような何かに出合ったこともないんです」

「へえ。……まあ俺もないけど」

「それなのに、勉強はできちゃうし、こう見えてそれほど運動音痴でもないんですよ。……絵も結構うまいし、習字ではいつも金賞をもらっていました。絶対音感があるおかげなのか、カラオケではいつも90点超えですし、ピアノやバイオリンも嗜《たしな》み程度には弾けます」

「はあ……」

野々村くんが、ポカンと口を開けた。

「でも、あんなキラキラな笑顔になったこと、一度もないんです。できて嬉しい！　できなくて悔しい!!　という感情がよくわからなかったというか」

「あんな？」

「バド部の人たちのような」

野々村くんは、はあ～っとため息をついた。

「うーん、つまりそれって、バド部の人たちの練習かなんかを見て、その姿に惹かれたってこと？」

「正確には、バド部の人たちっていうか、あ、今はそうなんですが、当時は違っていて」

「今は？　当時は？」

「僕、横浜湊は家から割と近いのでいつでも行けるかなと、学校見学に来たのは秋になってからだったんです。……その時、中学生が、おそらくここのバド部にスカウトされた人たちだと思うんですが、来ていたんです」

「へえ」

そして今は、彼らも輝と同じ横浜湊高校の一年生だと、確認済みだ。

入学式では、三人が標準コースのスポーツクラスに、二人が進学コースの場所にいた。

「僕は、彼らの笑顔に心をつかまれたんです。初めて出会ったんです。あんなふうに苦しみのなかで晴れやかに笑う人たちを」

「ちなみに、それ男子だよね？　ここ、女子のバド部はないし」

野々村は、解せない、という顔だ。

「うーん。内田くんは、そういう子なの？」

「そういう子とは？」

「いや、女子より男子が好きっていうか」

なるほど。

「どうでしょう。僕は今まで男子も女子も、家族以外の誰かを好きになったことはないので。……ただ、僕が彼らに惹かれたのはそういった恋愛感情の類ではありません」

それは断言できる。あれが恋愛なら、輝は一度に何人にも恋をしたことになる。

もし、恋に落ちたのだとしたら、それは、きっとあの時の躍動感にだ。

「僕は彼らに、教えてもらった気がしたんです。人生には音があるって……人生の鼓動っていうのかな」

兄には青春の鼓動って言ったけど、それはちょっと恥ずかしい。

「人生の鼓動とは、少々大げさだね」

どうやら、人生の鼓動も恥ずかしい言葉らしい。

「そうですね。でも、僕なら絶対ついていくのはムリかも、と思われる練習にもめげず、むしろ苦しみを笑い飛ばすように躍動する彼らの姿が、とても輝いて見えたんです。その輝きを包み込んでいたのが『音』なんです」

「音については、体験もしていないしよくわからないけど、でもそれって、厳しい部活なら、たいていそんな感じなんじゃないの？」

そうだろうと思う。

たとえば、ここの野球部や、サッカー部でもバスケット部でも同じかもしれない。

「そうですね。……でもね、僕は彼らに出会ったんです。出会いって、偶然だけど、必然みたいなものでもあるし」

「まさか、運命に導かれた、とか言う気？」

「それはわかりません。運命だったのかも、と思うのは、きっともっとずっと後になってからでしょうし。今はただ、いっしょに笑って、跳んではねて、床に蹲《うずくま》ってもまた手を取り合って立ち上がる、そんな仲間になりたいと、そう思っています。まだ僕の一方的な想いですけど」

「……なるほどね。内田くんの言っていることの半分くらいしか理解できなかったけど、思っていたより内田くんが話しやすい人で安心したよ。……これからも仲良くしてくれると嬉しいな」

「こちらこそよろしくお願いします」

野々村くんが差し出した右手を輝はそっと握った。

とはいえ、野々村くんが本当にバド部に仮入部したのには驚いた。

「本気なんですか？」

輝は、野々村くんにバドミントン部の部室の前で訊いた。

メガネを、兄から入学祝にもらった、スポーツメガネに交換しながら。

「まあ、今のところは。やってみないと、どこまでついていけるのか、バドミントンが好きになれるのかわからないけど」

言いながら、野々村くんは、自分のメガネを心配そうに撫でた。

メガネのことまでは気が回らなかったのだろう。

けれど、輝は、気合が違う。

兄からもらったものの他に、もう一本、予備のスポーツ用のメガネを用意してある。

ハードな練習についていくためにできる限りの準備はしてきた。

おそるおそる扉を開けると、そこには彼らがいた。

あの日見た時と同じように、概《おおむ》ね、笑顔で歓迎してくれた。

テンションも高く大げさに歓迎してくれたのは、榊翔平《さかきしょうへい》くん。凄く背が高くて声が大きくて、熱血漢!! という感じだ。

ちょっとからかい気味にエールをくれたのは、双子の東山《ひがしやま》太一《たいち》・陽次《ようじ》くんたち。今のところ、輝はまったく二人の区別がつかない。それほど彼らはなにもかもそっくりだ。

そして、クールなイケメン、松田《まつだ》航輝《こうき》くん。大人っぽくて無駄口はたたかないタイプに見える。でも、こういう人は、言うべきところでは、しっかり意見を述べるんだろうな、と思った。輝たちの仮入部には、ほとんど関心がないように見えたのは残念だった。

最後が、水嶋亮《りょう》くん。

彼には特徴といえるようなところがない。よく言えば優しそうな、悪く言えば自信なげな、そんなタイプに見えた。

でも、松田くんと違って、笑顔は見せてくれたし、こっちだよ、と仮入部組に声をかけて体育館へと案内してくれた。優しい人だなと感じた。

彼らといっしょに、バド部がいつも練習をしている第二体育館に移動した。

ああそうだ、ここだ。

……ここで彼らに出会った、と輝は感慨深く体育館を見回した。

あの日は気づかなかったけれど、「勇往邁進《ゆうおうまいしん》」「覇」と書かれた大きな応援旗が目に入る。

勇往邁進、か。

うん、いい言葉だ。

輝は、うんうんと頷きながら自分が好きな四字熟語が書かれている応援旗を見つめた。

でもわずかでも笑みをこぼせたのは、そこまでだった。

正直、僕は、バドミントン部の練習をなめていた、と輝はその日の日記に記した。

別メニューを組んでもらっているのに、まったくこなせない、というかついてもいけなかった。

合格してから今日まで、ランニングは欠かさずしてきたし、腹筋やスクワットなども、動画を見ながらやってきた。

けれど、ほとんど役に立たなかった。

最後まで肩で大きく息をしながら、歯をくいしばりやってはみたが、できないことばかりがズンズンと積み重なっていった。

小学生の時は、リレーの選手とまではいかなかったけれど、補欠にはなれた。だから、運動神経は悪くない。そう思っていた。

けれど、ここでやっていくには、悪くない、ではまったく足りないと身に染みた。よい、とびきりよい、それぐらいでないと、基礎練習にもついていけない。

ただ、そんな苦しい練習の中でも、テンションがもの凄く上がったこともある。

それは、地味で特徴がない、という印象だった水嶋くんが、コートに入ったとたん、もの凄く輝き出したことだ。

その瞬間から、水嶋くんは、内田輝の目標の人になった。

水嶋くんは、走れば風のように速く、跳べば羽があるかのように高く、なにより、ラケットを持つと、誰より楽しそうに見えた。

ああ、そうか。そういうことだったのか、と気づいた。

僕があの日感じた躍動感は、この水嶋くんが中心になって醸《かも》し出していたものだったんだと。

水嶋くんはまったく自覚がないようだけど、輝だけじゃなく、他の部員たちも、少なからず彼の動きやプレーに影響されているようだった。

水嶋くんが走ると、プリンスの異名を持つ、バド部のエース遊佐賢人の足はいっそう速くなる。絶対に彼にだけは抜かれまいとするかのように。

水嶋くんが打つと、見るからにクールな松田くんの感情が熱く揺れる。こいつには負けない、というかのように。

他の人たちも、コートで水嶋くんと向き合うと、まるで何かを盗まれるとわかっているかのように怯《おび》えたり、反対に、盗めるものなら盗んでみろよ、というかのように敵愾心《てきがいしん》をむき出しにしたりする。

水嶋くんはそういう存在だった。

輝にとっても、横浜湊バドミントン部にとっても。


初日の練習で、輝は自分に足りないたくさんのものを自覚した。足りないものがあるのなら、それを地道に、補い増やしていくしかない。

その日から、朝晩のランニングの距離を増やした。

母と相談し、体力、筋力を高めるメニューを食事に取り入れてもらった。

すぐに成果は出ないが、やり続ければ、迷惑をかけない程度の基礎体力はつくのではと思っている。

もちろん、勉強もしっかりやった。

兄によれば、特進には、週に一回各教科ミニテストがあり、定期テスト以外でも少しでも成績が落ちると、担任と面談があるらしい。

もちろんそれは放課後に行われる。となると、練習時間が削られる。

輝は、それを避けるため、常に一位をとらねばならなかった。

首席であるということは、上がることはなく、下がる危険性に常にさらされているということだ。

「勉強はどう？　ついていけるか？　それとも物足りないとか」

ある日の夕食時、兄は僕に訊いた。

「大丈夫だよ」

こんなことなら、入学試験で十位程度にしておけばよかったかな、などと思いながら輝は答えた。

兄が、箸を置いて少し厳しい顔で輝を見る。

父の光《みつる》と母の麗《れい》が箸を止め、なにごと？　というように兄に視線を向ける。

「お前、なんか勉強は適当でもいいか、とか、首席は面倒だな、とか思ってないだろうな？　もしそうなら、そういう傲慢さは、バドがうまくなっても絶対プレーに出るぞ！」

言われてドキッとした。すぐに、兄にはかなわないな、と反省した。

そうだ。僕は、真摯《しんし》でなければならない。だって、僕は横浜湊バドミントン部の一員になったのだから、と輝は思う。

『勇往邁進』

横浜湊バドミントン部の応援旗にはそう書かれている。

勇気とはなにか。

初めて体育館にあるその四字熟語に気が付いてから、輝はずっと考えている。

プラトンはこう言っている。

『勇気とは、恐れるべきものと恐れべからざるものとを識別することなり』

論語では、『勇にして礼なければすなわち乱す』と述べられている。

つまり、輝が考えるに、勇気とは、冷静で真摯な心持ちでなければ正しく持つことができないもの。

傲慢など以《もっ》ての外。

「ありがとう、兄さん。肝に銘じておくよ」

輝がそのことに気づき、兄に礼を言うと、両親はホッとしたように、箸を進め出した。

「でもな、時々、めっちゃ傲慢で好き勝手やってるのに、誰にも嫌われないで『勇気凜々《りんりん》』だなんて称賛されるヤツもいるんだよな、これが」

兄は、苦笑しながら、こんな言葉も付け加えた。

その時は兄が誰を思って言っているのかわからなかった。

バドミントン部に入ってからは、遊佐さんのことかな？　と思ったけれど。

ずっと後になって、その人に会った時、それが誰かがわかった。

兄の頭の中にいたその人は、たぶん、水嶋亮くんの姉、里佳さん。つまり、横浜湊のマドンナ、それ以外あり得ない。

あの人の存在を知った今、いっそう傲慢であってはいけないと、輝は常に自分に言い聞かせている。なぜなら、あの白も黒もすべてを惹きつける存在感を輝が出すのは、一生かかってもムリだとわかっているから。


自主練習の成果なのか、少しずつ、体力だけはついてきた。

外周ランでも、大きく遅れることはなくなってきた。

卓球をやっていたせいで、かえってうまく操れなかったバドミントンのラケットも、すっかり手に馴染《なじ》み、バドのリズムで球を打つことができるようになった。

なにより、当初から憧れだった、ラケットでスルッとシャトルを拾うあの動作、ぎこちなさは残るものの、なんとかできるようになった。

しかし、仮入部期間が終わる少し前、野々村くんが、バド部をやめた。

他の仮入部メンバーが、一人、二人と去っていった後でも、結構頑張っていたのに。

「悪いな。もう少し頑張れると思ってたけど。……もう限界だ」

「そうですか。残念です」

野々村くんは、バドミントンをやっている時、とても楽しそうに見えたのに。

輝と同じように、こっそりシャトルを拾う練習をしていて、先にできた輝を凄くうらやましそうに見ていたのに。

　だから、本当に残念だった。

「内田くんは、凄いよ」

「どうして？　野々村くんだって、うまくラケットを操れるようになってきたのに？」

「内田くんの方が、めきめきうまくなっていったじゃん」

「そうでしょうか？」

　自分のことを客観的に見るのは難しい。

「そうだよ。それに、俺が凄いって言ってるのは、バドのことじゃないよ」

「え？」

「勉強だよ。こんだけハードな練習になんとかついていきながら、ずっと一位じゃん」

　兄の助言もあり、そうあるように努力を続けている。

「俺、この間のテスト、クラス順位五位に転落したし」

　そうだったのか。

「正直、俺、驕《おご》ってた。入学試験で内田くんと俺だけがちょっと頭抜けてたから。……多少勉強時間が削られたって、他の奴らに、こんな短期間で抜かれるとは思ってなかった」

「もう少し慣れれば、勉強と部活の両立っていうか、バランス、とれるんじゃないんですか？」

「……無理だと思う」

野々村くんは、ちょっと悔しそうに下を向く。

「それに、そこまで頑張ってみよう、っていう意欲が湧かないんだ」

「どうしてですか？　訊いてもいい？」

「だって、俺や内田くんがどんなに頑張ったって、プリンス遊佐は別としても、スカウトで来た一年の奴らにだって追いつけるなんて、夢のまた夢だしな」

それは輝も感じている。だからってやめたいとは思わないだけで。

「特にあの水嶋くん。……あれ人間か？　って時々思う」

確かに。輝は頷く。

ふだんはとっても地味なのに、コートに入った瞬間、水嶋くんは変貌する。

「俺、あいつ見てると時々怖くなる。ふだんはおとなしそうで自分の意見もほとんど言わないくせに、ある瞬間、顔つきから、纏《まと》う雰囲気から全部変わるじゃん。そういう時のあいつ、水嶋の皮をかぶった別の得体の知れない生き物なんじゃないかって思う」

そういうところ、確かに彼にはある。

輝は心の中で、深く同意する。

「野々村くんは、やはり観察眼が鋭い頭のいい人ですね」

「内田くんに嫌味ない顔でそう言われると、ちょっと嬉しいな」

「だって、水嶋くんのそういうところ、気づかない人は全然気づかなくて、彼を下に見ちゃってますよね」

それに、気づいている人たちも、そんな水嶋くんを怖いと思うか、その次の進化を楽しみにするかで、大きく分かれている。

「ああ。プリンス遊佐みたいにわかりやすい天才じゃないからな。……でも俺、あいつ怖いけど。……好きだよ、あいつのバド」

僕もです、と輝は頷く。

「野々村くんの気持ちは、とてもよくわかりました。でも、これからも仲良くしてもらえれば嬉しいです」

「もちろんだよ。……それに俺、水嶋くんだけじゃなくて、バドミントン自体は凄く好きなんだ。スピード感、駆け引き、パワー、忍耐力。バラエティに富んだスポーツだしな。頑張ってるみんなの姿も、いいなって思う。……ただ、俺の体力、気力がここのレベルについていけないだけで」

輝は頷く。

「で。だから、俺、写真部に入ろうと思うんだ」

「写真部ですか？」

輝はキョトンとする。

「うん。じいちゃんからもらったちょっといいカメラがあって、ちょっと前から写真撮るのが趣味っていうか」

「へえ。それはいい趣味ですね」

「それで、内田くんも含めて、タメの奴らがバドミントンに打ち込む日々を、俺のここでのテーマにして、卒業するまで追い続けようと思ってる。それなら、体力が削られない分、勉強も頑張れるからな」

野々村くんの笑顔はとても爽やかで、輝は、彼が考えて悩んで出した結論に満足していることがわかり、それはとても嬉しかった。

こんな会話の翌日に、野々村くんは仮入部を取り消し、バドミントン部を退部した。

「これからは、写真部で、みんなの活躍を追いかけようと思っている。……俺はみんなみたいに体力も運動能力もないけど、自分ができることでバド部を応援するよ」

野々村くんは、退部届を海老原先生に提出した後、部室を訪れ、一年の部員たちにそう言って頭を下げた。

「これからも、仲間だと思ってる」

野々村くんに真っ先にそう言ったのは、榊くんだ。

その周囲で他のメンバーも、うんうん、と頷いていた。

野々村くんだけが、ちゃんとみんなに仮入部を取り消すわけを話して、礼を尽くして退部していったからだと思う。

「内田くん、頑張れよ。君は、俺と違ってここが夢の場所なんだから」

最後に輝にそう言って、野々村くんは部室を出ていった。

見送ってドアを閉め振り返ると、みんなが笑顔で輝を見ていた。

「どんな夢なんだろう？」「ね」

東山ツインズは、なぜか手をつないで、輝に笑いかける。

こういう感じ、最初は驚いたけれど、今はツインズだからね、としか思わない。

「下剋上か？」

榊くんはそう言ってから、「負けないけどどね」と笑う。

松田くんは、少し口角を上げる程度。

「輝だけでも、残ってくれて嬉しいよ」

水嶋くんは輝の名をちょっと恥ずかしそうに呼ぶと、輝の肩をポンポンと叩いてくれた。

それがきっかけで、みんなが、輝のことを内田くんではなく輝と呼ぶようになった。

家族以外に、名前を呼ばれたことがなかったので、初めは少し照れくさかったけれど、とても嬉しくて、帰宅するとすぐに兄の周に報告した。

「そっか。……よかったな」

兄が、少し可哀そうなものを見るように輝を見たことが、今も解せない。

第三章　夢を見るのもつかむのも、そのために努力をするのも自分自身

日々の練習を最後尾でこなしながら、だからこそわかったことがある。

誰より、どれほど努力をしても、このままでは、決してチームの戦力にはなりえないということ。

バドミントンが好きだ。もっともっとうまくなりたい、と輝はずっと思っている。

好きこそものの上手なれ、そう自分に言い聞かせながら、厳しい練習にも頑張ってついていっている。

だけど。

努力をすれば、今よりはうまくはなれるだろう。けれど、このままでは、絶対にチームに必要とされる戦力にはなれない。

横浜湊バドミントン部が好きだ。

でも、今のままでは、輝が部の発展のためにできることは少ない。

いっそ、マネージャーになるか？

輝は、練習の間も、家に帰ってからも、自分がどうあるべきかを考え続けていた。

ある日の練習終わり、輝は一年のみんなに、思いきって訊いてみた。

「僕は、マネージャーになった方が、みんなの役に立てるでしょうか？」

「え？」「なんで？」

東山くんたちは、同じ表情で僕を見た。

「現状、僕はチームのお荷物です。一人だけ初心者で、僕への指導のせいで、みなさんや先輩たちの時間をとってしまっているし」

水嶋くんが何度も頭を振った。

「輝、俺、輝みたいに頭よくないから、うまく言えないかもだけど……。輝に助けられていること俺たちいっぱいあるよ。お荷物だなんて思ってる人、先輩たちも含めて一人もいないと思う」

「そうだぜ。俺、輝が必死でシャトルにくらいついている姿、凄く好きなんだ。見ると、俺も頑張らなきゃって思う。だから、バド、続けて欲しい」

榊くんが言いながら、輝の肩をそっと叩く。

「そうだよ。誰より努力してる輝の姿に、俺は何度も勇気もらってるし、……うん、なんていうか、輝は凄いよ」

水嶋くんが、言ってくれた。

もちろん、輝自身も、やっぱりラケットを握っていたい。チームの一員として同じ目線で戦っていきたい、と思っている。

それと同じくらい、自分のためだけじゃなく、みんなの役に立ちたい。

チームのために僕ができることはなんだろう？　輝は思い惑う。

「輝は、誰より頭脳明晰《めいせき》だろ？」

ずっと黙っていた松田くんが輝を見た。

「俺たちに見えないもの、考えつかないこと、そういうこと、いっぱいあると思う。……だから、マネージャーというより、参謀になればいいんじゃないか？」

「参謀ですか？」

「言うまでもなく、うちの最高指揮官は海老原先生で、そのサポートは、代々の部長が担ってる。でも正直、脳筋よりりっていうか。だから現状、先生の負担、凄く大きいと思う。でも輝なら、先生に戦術を提案したり、指導方針を考えたりする、その一端を担えると思うんだ。俺らタメだけじゃなく、先輩たちも、輝の言葉ならちゃんと聞いてくれるはずだし」

「そうだね。輝は、先輩たちにも凄く愛されてるものね」

陽次くんが言う。

「あの遊佐さんでさえ、輝には当たりが柔らかいっていうか」

太一くんも、ウンウンと頷きながら言ってくれた。

「それは、僕があんまり情けないので同情されているからかと」

「そんなことないよ。遊佐さんの辞書に、同情なんて載ってないと思う。絶対！」

水嶋くん、そんな大声で。

あ、ほら、向こうで遊佐さんがこっちを睨《にら》んでいる。

そういえば、遊佐さんに一番きつく当たられているのは、水嶋くんだ。

「もちろん、競技者としての進化もありきで。だって、自分が強くなってこそわかることって多いよね？」

「さすが松田だ。いいこと言うよな」

言いながら榊くんが肩を組むように回した手を振り払いながら、松田くんは、大きなため息をついた。


その日から、輝は、ありとあらゆるデータを集め記録をとるようになった。

バドミントンに関するニュース、練習方法、横浜湊の練習や試合で気づいたことだけじゃなく、ご家族や担任の先生たち、それぞれのクラスメイトたちにも聞き取りを行い、個人情報も集めた。目的は、メンタルの強化と安定だ。

さすがに先生たちは、情報をあまりくれなかったけれど、あたりさわりのないことは教えてくれた。

水嶋くんが授業中に居眠りが多いこと、反対に榊くんは意外にも授業中はまじめに勉強に取り組んでいること。

ツインズの兄・太一くんが、体育の授業で野球部のエースからホームランを打ったこと、一方で弟・陽次くんが野球部の選手から連続三振をとったことなんかだ。

この後、二人は、野球部から熱心にスカウトを受けたらしいが、もちろん、今もバドミントン部で日々頑張っている。

松田くんは、進学コースでずっとトップクラスの成績で、二年からは特進コースに変わることを勧められているが、本人は、このままでいいと言っているらしい。

進学コースでこの成績を維持すれば、校内の指定校推薦で本命の大学に行けますから、と言ったらしく、その先を見据えた計画性にも驚く。

一番情報が多かったのは、エースの遊佐さんだ。

誰より注目されているから情報も多いのだが、一番の情報源は遊佐さんの母親・慶子《けいこ》さんからのリークだ。

輝が慶子さんと出会ったのは偶然だ。

三者面談のために来校していた慶子さんに、特進コースの教室の場所を尋ねられたのがきっかけで、輝がバドミントン部の後輩だとわかると、その場で連絡先の交換を求められた。

驚いたが、「賢人が写真嫌いで、うちにあるのが雑誌の切り抜きだけなのよ～」と嘆《なげ》く慶子さんにちょっと同情し、了承した。

それ以来、輝は遊佐さんの部活動の写真や後輩との会話などを送り、慶子さんからは、遊佐さんのちょっとした面白ネタを頂戴している。

一番情報が少ないのが遊佐さんの相棒横川《よこかわ》さんだが、横川さんに関しては、輝がアドバイスすることも少なく、教えられることの方がはるかに多いので、輝が見聞きしている部活動での情報をまとめるにとどめている。

横浜湊高校に入学して初めての定期テストの結果が出た頃、輝は、海老原先生に、面談室に呼ばれた。

少しドキドキしながら輝が入室すると、先生は、いつも通り穏やかで安心感のある笑みを向けてくれた。

どうやら、叱責ではなさそうだ、と輝は安心する。

その前日、水嶋くんが成績不振で先生にこってり絞られた、と聞いたばかりだったので、ほんの少し不安を感じていた。

「内田くん、こちらにどうぞ」

海老原先生が、勧めてくれた対面の椅子に、輝は座る。

「さきほど、担任の夏木先生から、定期試験の結果を見せていただきましたよ」

「はい」

輝自身は、まだ結果を知らない。明日にでも廊下に貼り出されるのだろう。

「素晴らしい成績でしたね」

「ありがとうございます」

素晴らしい成績だったのか、よかった、と胸をなでおろす。

「部活もあれだけ一生懸命やっていて、勉強もおろそかにしない。立派です」

なんだろう。

叱責されるでもなく、こうも持ち上げられると、よけいに不安が湧いてくる。

ただこんなふうに褒めるためだけに、呼び出されたとは思えないからだ。

「私の数学の授業はどうですか？」

「え？　いや、わかりやすいと思います」

海老原先生は苦笑交じりに頷く。

「内田くんには物足りないですよね。……わかっていますが、他の生徒のレベルを考慮すると、あれ以上はできないんですよね」

それは当然だ。

クラスの平均値に授業のレベルを持っていくことに、輝自身、なんの不満もない。

「試験の裏にあった問題はどうでしたか？」

点数、成績には関係ないと書かれたうえで、答案用紙の裏には、少し難解な問題が提示されていた。

時間がたっぷりあったので、輝はそれに挑戦していた。

「あれは、とてもいい問題でしたね。多方向からアプローチできて。……僕は、どの方法が一番美しいのか、とても悩みながら解きました」

海老原先生は、うんうんと頷く。

「あの問題は数学オリンピックで出された問題で、解いたのは、君だけでしたよ。しかも、美しい正解でした」

「ありがとうございます」

「時々、君のように、数学の才能にあふれた子がやってきます。……たとえば水嶋くんの姉の里佳さんとかね」

「はい」

「内田くんは、数学に関して、その彼女以上の才能があると私は思っています。……たとえば、数学オリンピックの日本代表になり、世界に出ていけるくらいの」

「……はい？」

「確認したいのは、君の本当の気持ちです。世界に羽ばたけるほどの数学の才能がある君が、そこに費やす時間を削ってまでバドミントンをやりたいのかどうか」

　なるほど、そういうことか。

「将来、君はとんでもなく偉大な数学者になるかもしれません。もし、今から数学に時間を捧げるのなら」

　そんなことはないですよ、と謙遜はしない。

　輝自身も、数学者としての自分の人生を考えたことはある。

「一方で、バドミントン部での君の活躍は限定されたものになると思います。公式戦での出場機会はほとんどないでしょう」

それもわかっている。

横浜湊バドミントン部は、才能に恵まれた者たちが、努力を怠らず、常に上を目指していく場所だ。

バドミントンに出合うのがもう少し早かったら、などと甘ったれたことさえ言えない。たとえ幼い頃からシャトルを追いかけていたとしても、輝がここで主力になるのは難しかったはずだ。

「どうですか？　君の本当の気持ちを教えてくれませんか？」

海老原先生の目を見てわかった。

先生は、バドミントン部の監督としてではなく、教師として、生徒である輝のずっと先の将来を心配してくれているのだと。

そして、だからといって、輝が望まないのなら、どれほど夢にあふれた未来が見えていたとしても、その道を勧めないのだろうということも。

夢を見るのもつかむのも、そのために努力をするのも輝自身。

先生は、その真摯なまなざしで、輝にそれを教えてくれている。

「先生、僕は自分の数学の才を幼少から自覚しています。もし、その才能を伸ばすことに興味があったのなら、ここには来なかったと思います」

通える範囲だけでも理系に特化した高校はいくつかあるし、横浜湊以上に学力に重きを置いている学校もある。

でもそこに、輝が望むものはなかったと思う。

「僕は、強く希望して横浜湊高校に入りました。……僕は、バドミントン部に入りたくて、ここでバドをやりたくて、横浜湊に来たんです」

「……ほう」

輝は、出会いの日の気持ちを海老原先生に話した。

彼らとの出会いが、どれほど輝の心を揺らし弾ませたのかを、少し興奮した口調で。

「だから、お心遣いは嬉しいですが、僕はここでバドミントンを続けていきたいと思っています。数学も好きですが、好きの方向や重さが違うんです」

「そうですか」

海老原先生は、微笑んだ。

「それなら、君にはこうお願いしましょう。私といっしょに、このチームをさらに強くたくましく育ててください」

「僕は、ラケットを持ったままでいいですか？」

「もちろんです。競技者でいることで、私には見ることができない景色、聞くことのできない音、そういったものを、君は手に入れるはずです。それらを、戦う参謀として私に教えてください」

輝は笑う。

海老原先生が怪訝な顔をする。

「松田くんにも言われたんです。マネージャーではなく参謀になれって。僕ならきっとできるって」

なるほど、さすが松田くんですね、と先生は頷く。

「彼は、自分のこと以外は、とてもよく見えているんですよ」

輝はまた笑った。「僕もそう思います」と言いながら。

「もう一つ、大事なことを君に言っておきましょう」

海老原先生は、少し厳しい顔になる。

輝は背筋を伸ばす。

「君に足りないのは経験です。経験を積んでください。競技者として、参謀として、コーチとして」

なるほど。どうやら、試されているらしい。

受けて立ちましょう、というように輝は口角を上げる。

「水嶋くんを誘う時にも、先生、同じことをおっしゃったって聞いていますよ?」

君に足りないのは経験だと。

先生は破顔一笑した。

「なるほど。参謀としての経験はすでに積み始めているということですか。……情報は武器になります。ふさわしい武器をどれだけ準備できるか、君の腕の見せ所ですね」

最初のハードルは突破したようだ。

「そんな君に、チームのこれからの方向性を相談したいのですが」

「はい」

輝は背筋を伸ばす。

「これからのチームは、水嶋くんをどう育てていくのかが肝になります」

少し意外だ。

水嶋くんは、大きな可能性を秘めた選手だが、まだまだ戦力とは言いがたい。

だからあえて訊いてみる。

「遊佐さんではなく？」

「遊佐くんは、もちろんチームの要《かなめ》です。彼のシングルスと横川くんとのダブルス、この二勝はチームに勝利を大きく引き寄せるでしょう」

「でも足りない。あと一勝……確実な一勝」

「そうです。……それに、遊佐くんのシングルスは出番がない方が、チームとしては喜ばしい。彼にはここにいる間に、三冠をとらせてあげたいのでね」

「けれど、水嶋くんより東山くんたちの方が、現状、確実な一勝に近いのでは？」

これも、訊いてみる。

輝なりの答えはあるが、今は、経験豊かな先生の意見を聞くことが大切だと思って。

「そうですね。……ただ彼らには決定的に足りないものがあるのでね。……これは少々やっかいで、遊佐くんがうちにいる間には、克服できないかもしれない」

「それは……どういう?」

「内田くん、気づいているのでは?」

輝は、日ごろの練習中のツインズを改めて思い返す。

「……勝利への執念のようなものでしょうか」

ツインズは、なにごとにもあっさりしている。

基礎練習中も、決してトップを狙うことがない。悪く言えば、手を抜いているふうに見える。バドミントンは中学から始めたと聞いているが、それまでの六年も野球少年としてトップクラスにいたらしいので、それなりの身体能力がある。

ランニング、ダッシュ。本気でやれば、トップ集団に入れるはずだ。

けれど、水嶋くんや榊くんのように、遊佐さんや横川さん、本郷《ほんごう》部長に必死で追いすがるような姿は見たことがない。松田くんでさえ、クールな仮面を脱ぎ捨て、一ミリでも前に、と歯を食いしばっているのに。

輝がどれほど懸命にあがいても、最後尾かその一つ二つ前に出るのが精一杯だから、それを歯痒《はがゆ》いと思ってしまうこともあった。

「……それから、彼らはダブルスに執着しすぎているかと」

ツインズは、二人の世界を大事にするあまり、他のチームメイトと競う、支える、そういうことに無関心なところもある。

ただし。

「太一くんは、最近少し変わったように思いますが」

海老原先生は頷く。

「そうですね。でもまだ全然足りません。たとえば、シングルスで遊佐くんに勝とうとするほどの気概がないと、ダブルスで確実な一勝はあり得ません」

「シングルスで、遊佐さんにですか？」

「水嶋くん、榊くんはいつだってその気概を持って、遊佐くんに挑んでますよ。たとえ5点マッチの練習でも」

そういえば、水嶋くんは、いつも遊佐さんのコートに真っ先に向かっている。

「……残念ながら、太一くん、陽次くん、松田くんは、遊佐くんのコートを避けていますけどね」

僕もそうだ、と輝は思う。

あまりにレベルが違いすぎて、申し訳ないと思ってしまうから。

「彼らは、ここにやってくるまで、簡単に勝ちすぎていた。負けることへの耐性がない。負けると、言い訳を並べる。足の具合が悪かった、体調がすぐれない、運に見放されていた、などとね。……口にせずとも、彼らの心の声はいつだって顔に出ています」

そう言われれば。

「ダブルスは、シングルスでは戦えない者が、弱点を補い合うものではないんです。シングルスをきっちり戦える者が、互いの長所・武器を、信頼という絆《きずな》でさらにパワーアップできる場所がダブルスのコートだと私は思っています。彼らに信頼は十分すぎるほどありますが……」

ツインズには、それぞれの個性といえる武器がない？

二人にしかできない、ローテーションの妙などは武器とはいえない？

いや、それだけでは足りない、と先生は言っているのだろう。

遊佐・横川ペアには、それぞれにいくつも固有の武器がある。それを活かし合うため、時にローテーションは無視していることもある。

「どうすれば？」

「そうですね。太一くんが変わろうとしていますが、それがよけいにマズい状態を生み出している、今はそんな状況になっているんですよね」

「どういうことですか？」

「太一くんは変わりたい。けれど、陽次くんは変わることを恐れている」

「恐れている？」

「積み上げてきたもの、固い絆、信頼が壊れることをね。……それを太一くんはわかっている。けれど、陽次くんの恐れを取り除くことはできない」

「どうしてでしょうか？」

海老原先生が、じっと輝を見つめる。

輝は、試されているのだと自覚する。

「……自分で気づいて、自分で立ち向かわないと意味がないからですか？」

「半分正解ですね。……自分で気づくことは大切です。でも、自分一人で立ち向かう必要はないんですよ。陽次くんも、太一くんだってね」

「なるほど。だからこそ、水嶋くんなんですね」

「ええ」

　水嶋くんは、誰よりバドミントンを楽しんでいる。

　その半端じゃない吸収力で、周囲からたくさんの技術と情報をものにしながら、日々成長している。驚くほどのスピードで。

　彼のバドミントンは、周囲を高揚させる。

　彼が、今以上に、強くタフになれば……。

　きっと誰もが、もっともっと水嶋くんのプレーに惹かれていく。

　今でも、彼が打ち出すと、コートに人が集まることが多々ある。

　それに水嶋くんは、とても目がいい。そして気持ちが優しい。その上チームメイト想いだ。

　よく見てよく考える、という海老原先生の言葉にも真摯に向き合っている。

　だからきっと、水嶋くんは、ツインズの欠点に早々に気づくだろう。

　そして、絶対に彼らに手を差し伸べる。言葉数の少ない彼は、きっと、言葉ではなく、プレーで、そのまなざしで、音で、ツインズを鼓舞する。

「水嶋くんの成長は、チーム全体に大きな影響を与えます。……彼はそういう存在なんですよ。未熟な今でさえ」

輝は頷く。

「水嶋くんを見つけてここに呼んだのは、先生ですね？」

「そうです。ただし、彼に可能性を感じていたのは私だけじゃないですけどね。……私の後にも、何人かの監督が彼を誘ったと聞いていますから」

そうなのか。

記録に残る選手ではなくても、水嶋くんは、見る人が見ればその凄さがわかる、記憶に残る選手なんだ、と輝は改めて思う。

「彼がうちに来てくれたのは、遊佐くんのおかげでしょう。遊佐賢人という存在が彼をうちに呼んでくれた。遊佐くんには感謝していますよ。たくさんの奇跡を起こしてくれましたからね」

「水嶋くんを中心に、他のメンバーを選んだのですか？」

「なぜそう思うのですか？」

「榊くんは、水嶋くんの相棒としてピッタリです。繊細でかつ大らか。そして割り切りがいい。ともすれば考えすぎる水嶋くんをうまく引っ張っていってくれる気がします」

二人のダブルスは始まったばかり。課題は多いが、二人の間には、すでに信頼の絆が見える。

水嶋くんの底知れない才を恐れず、彼と向き合える榊くんはとても稀有《けう》な存在だ。

「ツインズの二人は、第二ダブルスとしてなら十分すぎる戦力です。水嶋くんが育つ間、チームの防波堤になってくれます。……そして防波堤であることで、彼らもまた成長するはず、と先生は期待されているのでは？」

「水嶋くんを中心に他の子たちを集めたのは間違いじゃありません、けれど水嶋くんを守るためとか、成長を促すためとか、そういう理由ではありませんよ。……遊佐くんが切り開いてくれた頂点への道を歩むため、遊佐くんもまた進化できる環境を整えるため、彼を一番に勧誘しました」

「だとすれば、他のメンバーも、先生の希望通りだったのですか？　榊くんは、水嶋くんよりは有名な選手でしたが、優勝経験はありませんよね？」

輝は、すでにチームメイトの中学の戦績はすべて調べている。横浜湊以外のライバルたちの戦績も少しずつ。

「榊くんは、彼自身が言っているように、水嶋くんのいる場所でバドミントンがしたいという強い気持ちに私が惹かれました。技術的なことは後からどうとでもなりますが、気持ちを育てるのはとても大変なんです。それにね、榊くんはうちのチームに足りないものを持っていましたから」

「それは、彼の……」

榊くんの、みんなを応援する声、まっすぐなプレー、なんでもズケズケ言っているようで、誰かを傷つけたりしないような言葉選びを思いながら、ピッタリな言葉を探していると、先生が言った。

「チームを鼓舞する力ですね。それも漠然と全体を鼓舞しているわけでなく、一人一人の気持ちを考え、困ったり悩んだりしている仲間を個別に支えていることも多い」

そういえば、松田くんがチームに溶け込んできたのも榊くんのおかげだ、と松田くん自身が言っていた。

いやもう、ほんと迷惑なんだけどね、と苦笑しながら。でも感謝していると。

「岬省吾《みさきしょうご》くん、は勧誘しなかったのですか?」

「彼は遊佐くんに対し大きな劣等感と、同じくらいの敵対心を持っています。同じチームで切磋琢磨《せっさたくま》するのは、彼にとって負担が大きいと思いました」

「遊佐さんではなく、岬くんにとってですか?」

「遊佐くんは、そういうことにもう慣れっこなんですよ。幼い頃からずっとそんな目で見られていますから。……しかも、彼には横川くんというかけがえのない相棒がいますしね。……それに、別の彼に合ったチームに行けば、岬くんもいつか気づくはずです。ライバルは遊佐賢人だけじゃないことに」

同じ学年の水嶋くんこそが、真のライバルだということにか。

それとも、彼の進んだ比良山《ひらやま》高校に、すでにライバルがいるということか。

——比良山高校の選手のデータも、きっちりとっておくべきだな、これは。

「それに、ひょんなことから、松田くんがうちに来てくれましたからね。技術的なことだけなら、当時、松田くんは岬くんと同じかそれ以上」

確かに。松田くんは、バドミントンを始めた中国でも優秀な成績を残している。

「太一くんと陽次くんは？」

どうせなら、先生がどうして今のメンバーを勧誘したのか、全部聞いておきたい。

「東山くんたちは、彼らの中学の顧問からオファーがあり、じっくり見せていただいてから思ったのです。育ててみたいと。自尊心の大きさに比して、彼らの向上心は今一つ。……それが彼らの成長を阻んでいると感じました。できることなら、ここで、大きく飛躍してもらいたいと思っています。世界の空へ」

世界。

そうか。遊佐さん、横川さん、ツインズ、……そして水嶋くんも、いつか世界に羽ばたいていく存在だと先生は思っている。

僕はそんな人たちといっしょに日々を過ごしているのか、と輝は、改めて「勇往邁進」をかみしめる。

「ということで、内田くん。……君はこのチームの参謀として、ある意味彼ら以上の努力を積み重ねてもらうことになりますよ。覚悟はありますか？」

「はい」

「結構。では、ランキング戦が終わった後は、5点マッチの練習コートを一つ増やし、そこに君に入ってもらいます」

「え？　でもそれじゃあ、僕はすぐにコートを出てしまうことになるかと」

「いや。君の入るコートは、勝者が居残るのではなく敗者が居残るのです」

「それって……」

僕はコートを出ることがないのでは？　海老原先生の笑みに、輝は背筋がゾクッとした。

「四試合ごとに、休憩をとりましょう」

つまり、一ゲーム程度は休まず、相手を変えて5点マッチを繰り返す、ということか。

「この上ない経験値が入りますよ。君にも、対戦相手にも」

「対戦相手にも？」

「油断大敵、を教えてあげなさい。仲間全員に」

第四章　塵も積もれば山となる

海老原先生から、第四のコートについて全員に説明があった。

「第四コートは、敗者が居残ります。このシステムは当分続けます。その間、全員、最低一度は、このコートで内田くんと対戦するように」

「う、内田ですか？　それは、ちょっと」

本郷部長が、輝を見た。

大丈夫なのか？　というように。

輝は、両足を踏ん張って頷く。

「内田くんが休憩をとる間は、水嶋くんが入ってください。ただしその間は勝ち残りで」

水嶋くんが、眉根を寄せた。

きっと、遊佐さんのコートに入る機会が減ることが嫌なんだろう。

「目的を訊いてもいいですか？」

松田くんだ。

「内田くんには、これから、選手であるとともに、このチームの参謀として、私の右腕として活躍してもらう予定です。そのために必要な情報を、私とは違う立場と目で収集してもらう。それが目的です」

松田くんは、なるほどと頷いてくれた。

他の仲間たちも、うんうんと頷いている。

チームの参謀になれと、後押ししてくれた仲間たちならではの反応だ。

先輩たちはどうだろう?

輝は、遊佐さんを見る。

遊佐さんも輝を見返す。

「先生、俺や横川、本郷さんは、別コートに居続けることになるので、内田と戦えないんですが」

堂々とそう宣言する遊佐さんの傍らで、横川さんと本郷部長が苦笑いしている。

ごくまれに、遊佐さん以外は負けてコートを出ることがあるからだろう。

「交代で出られるよう、調整しましょう。吉川《よしかわ》くん、田村《たむら》くん、松田くんは、タイミングを見て、遊佐くんたちとコートを代わってください。……勝てなくてもね」

名を呼ばれた三人はくちびるをかむ。

できれば、勝ってコートを代わりたいと強い気持ちが顔に出ている。

——先生、けっこう煽《あお》りますね。ランキング戦を終えインターハイに向けて、メンタルのギアを上げるということでしょうか。

最初の対戦相手は、松田くんだった。

こういう時、真っ先に手を上げるのは、いつもは水嶋くんだけど、今日は後に備えて遊佐さんのコートに行っている。

松田くんとも、もちろん、何度か打ち合ったことはある。

けれど、初めて味わう緊張感が輝を包み込む。

——ここから僕は、新しい気持ちで、目で、チームメイトと戦うんだ。胸を借りてばかりでは、得られるものは少ない。

輝は一度ラケットをギュッと握り、スッと力を抜く。

「ラブオールプレー」

審判は陽次くんだ。

輝のサービスから始まった。

松田くんの構えは本当にきれいだ。

前後左右どこへも飛び出せるよう、理想的な体勢で輝の球を迎え撃つ。

顔つきはいつも通り、無表情。

ラリーは四打で終わった。

最初からそう決めていたように、輝の球はスマッシュに最適なコースに上がり、松田くんは、それをあっさりと決めた。

次のラリーも、プッシュであっさり。

その次は、ラリーが続いた。

輝も、あっさりやられてばかりはいられないと、かなり粘った。最後は、絶妙なヘアピンを掬《すく》いきれなかったが。

そして、輝は1点を返す。ライン際を狙ったショットを、松田くんがアウトと判断した。結果はイン判定だった。松田くんは少し首をひねったが、そのままホームポジションに戻った。

そして、次の輝のサーブを、いきなりプッシュで叩いてきた。

——僕のサーブは少し浮いたけれど、そこまでではなかったはず。僕との実力差を考えれば、少しリスキーな攻撃ですね。

最後のラリーも長く続けられた。

なんとなく、松田くんがどこに打ってくるのか、わかるようになってきたからだ。技術の差は大きく、わかってもうまく返せるわけではないけれど。

最後は、スマッシュと見せかけてのドロップが、輝のコートに決まった。

——うーん。いつもコートサイドから見ている通りの戦い方ですが、新しい目で見ると、初めてわかったことがありますね。

今までは、省エネ戦法が、欠点と言えば欠点だと思っていたけれど、それ以上に、松田くんは、感情が乱れるとプレーがやや雑になり、フェイントがわかりやすくなってしまう、その方が問題かもしれない。

輝相手なら通用しても、遊佐さんや横川さん、あるいは水嶋くんのように優れた観察眼のある相手だと、かなり苦戦するはず。

次の相手として、榊くんがコートに入ってきたけれど、少し待ってもらって、ノートにそれをメモしておく。

榊くんからは2点とれた。

どちらも榊くんのコントロールミス。これは榊くんの課題として、本人もわかっているはずだ。

榊くんのスマッシュは、本当に威力がある。打ち返すと手首がしびれるほどに。

今まではわざとではないかもしれないが、無意識に手加減されていたのかもしれない。けれど、今日の榊くんは本気で向かってきてくれた。

だからこそ、輝は、より厳しく詳細にメモをとった。

どんな場面で、コントロールが乱れるのか。メンタルのどんな部分がプレーに影響すると考えられるのか。

その次は、太一くんがやってきてくれた。

チラッと見ると、水嶋くんは、また遊佐さんのコートに入っていた。かなり激しいラリーが続いているようだ。

ランキング戦が終わったあたりからおなじみの現象だが、二人の熱気に煽られ、他の部員も遊佐さんと水嶋くんのコートに集まっている。

そんな中、太一くんがクルッとラケットを回し、「さあ、やろう」と言った。

こういう、意外に周囲の熱気や感情に影響されないところは、太一くんのいいところだと思う。

さっきまでコートにいた榊くんが審判だ。

榊くんも、本当なら相棒である水嶋くんのプレーを応援したいはずだ。でも彼は、ここに残って審判を務めてくれる。本来審判の順番だった陽次くんが、遊佐さんと水嶋くんのコートに駆けていったせいだ。

それもメモしておこうと思う。

陽次くんは、自分のしたいこと好きなことを、何より優先してしまうところがある。

それがいい結果を生むこともあるが、たいていは誰かが尻ぬぐいをしていることを自覚してもらわないといけない。

「ラブオールプレー」

榊くんの元気のいい声が体育館に響く。

輝は、小さく「集中」と自分に声をかけて気合を入れた。

ダブルスのイメージが強いツインズだが、こうして向き合うと、やはり技術力が段違いに優れていることがわかる。

ただ、大きな欠点がある。

もちろん輝は負けた。けれど、3点を返せた。これはかなりマズい。

「輝、うまくなったね。頭いいから、組み立ても上手」

太一くんはそう言ったけれど。

もう少し、太一くんは頭を使った方がいい。攻めも単調だったし、シングルスなのに、いない陽次くんに頼りすぎている。

そう。……太一くんは、シングルスの試合なのに、ダブルスのイメージで戦っている。

海老原先生の言う通りだ。

これではダメだ。

二人の前に大きく立ちはだかる、遊佐・横川の二人を見れば明白だ。

シングルスで磨き上げたメンタルと技術と体力が、ダブルスにどれほどいい影響を与えているのか。

ダブルスの要は互いの信頼の上にあるコンビネーションだろうけれど、それだけでは、戦えない。

あたりまえのことだけど、ツインズには自覚が足りない、と輝はしっかりメモした。

次は、ようやくやってきてくれた水嶋くん。

水嶋くんにも、大きな欠点がある。ランキング戦で、できる限り彼のゲームを見学して、輝は気づいていた。

向き合えば、さらによくわかった。

水嶋くんは、強い相手には粘り強くなり、時に遊佐さんでさえ危うくなることがあるが、自分より弱い相手と対戦すると、プレーが単調になる。これは彼が手を抜いているとか油断している、ということではない。

よくも悪くも、彼は相手の戦い方に大きく影響される。

予想通り、輝とのラリーは単調になる。

前後左右に揺さぶりはしてくるが、決め手になるようなショットがない。それでも、体力に大きな差があるので、輝がどこに打っても拾われ、輝は点をとれない。根負けするように輝がミスを重ね、結局、1点もとれずに終わったが、審判をしてくれた副部長の吉川さんの言葉がすべてを物語っていた。

「圧勝だったが、見どころのないつまらない展開だったな」

それを聞き、水嶋くんが、ごめん、と輝に頭を下げた。

本人も、ある程度自覚があるということだろう。

水嶋くんの課題は、誰が相手であっても、自分のバドミントンができるようになること、これに尽きる、と輝はメモした。

四試合が終わり、輝は休憩をとる。水分を補給し汗まみれのシャツを交換する。

そして、そのまま横川さんが居残り続けているコートの脇に座る。

横川さんは、さっきまで審判をしてくれていた吉川さんと対戦だ。

どちらも、ダブルスメインの選手だが、シングルスもかなり強い。

ラリーもうまくショットを使い分けていて、見ているだけでも心身が弾むようで、楽しくなる。

ただ、やはり横川さんが少しずつ優勢になっていくのは、ミスがより少ないことと、守りから攻めへのタイミングのうまさゆえだろう。

――横川さんは、松田くん以上の技術力ですね。基礎と応用のバランスが凄い。なんていうのか、技術力に根差した遊び心があるというか。

水嶋くんは、遊佐さんのように閃《ひらめ》きにすぐれた人より、横川さんとより多く打った方がいいかもしれない。

やはり、それもノートに書き込んでおく。

「輝、そろそろ、って海老原先生が」

呼びに来てくれたのは、榊くんだ。

水嶋くんは、松田くんと戦っている。

3点ずつをとり、いい勝負だ。

この二人が切磋琢磨し鎬《しのぎ》を削ることが、次の、そしてまたその次のチームの要になるのは間違いない。

「内田くん、あと2マッチで今日は終わりです。誰とやりたいですか？」

輝のために設定された、と言ってもいい第四のコート前で、時計を見ながら海老原先生が訊く。

「できれば陽次くん、それから、遊佐さんと」

早いうちに一年のメンバーとは向き合っておきたい。

そして、やはり遊佐さんとも。

ランキング戦以外で、輝は遊佐さんと打ち合った記憶がない。

そのランキング戦では、あっという間に、完膚《かんぷ》なきまでにやられてしまった。1点を返したが、それは打ち損じのフレームショットがたまたまネットを越えただけのラッキーなものだった。

あの1点を、遊佐さんはどう思っているのか。

アンラッキーで片付けているのか、それが知りたい。本気で向き合うことで。

「ではまず、陽次くんと」

先生に呼ばれ、陽次くんがコートに入ってきた。

審判は、松田くんだ。

「ラブオールプレー」

松田くんにしては、大きな力強い声だった。

陽次くんのサーブから、ラリーが始まった。

驚くほど、太一くんと似たプレーが続く。

そして、同じ欠点が見える。シングルスなのに、いない太一くんの姿が陽次くんの前に、後ろに見えるようだ。

しかも、太一くんより依存率がやや高い。

結局、同じく3点を返し、輝は敗れた。

それを見ていた太一くんが、眉根を寄せていた。

サイドから客観的に見ることで、より、自分たちの課題が見えてきたのかもしれない。

輝は、メモする。

二人がこの課題とどう向き合っていくのか、もうしばらく様子見と。

できるなら、本人たちが考え克服していって欲しい。もちろん、アドバイスのタイミングはちゃんと見計らうつもりだ。


そして、最後は遊佐さんとの5点マッチ。

21点の試合でも幸運な1点しか返せなかった輝に、返せる点があるとは思っていない。

それどころか、ラリーが続けられるかどうかもわからない。

それでも、向き合うことには意味がある。

いや、向き合うことでしかわからないことがあるはずだ。

「ラブオールプレー」

審判は、水嶋くんだ。

その視線が、審判の目ではないので、少し心配だ。

輝は、まだサーブもうまく打てない。

できる範囲で、低い弾道を心がける。

遊佐さんに、慈悲はない。

その少し甘い球を、いきなり叩かれた。水嶋くんが、その球の刺さる場所をまじまじと見てから、1－0を宣言する。

遊佐さんのサーブは多彩だ。三打目、五打目をイメージして打っている。ただ輝の返す球にはどんなイメージも持っていないはずだ。当てるのが精一杯なのだから。

輝にしても、どこに返そうとかどんなショットをとか、そんなことを考える余裕はない。ただ返す。それだけを考えて向き合っている。

ラリーは五打で終わった。

最後は、ネット際に、そっと落とされた。

もちろん、このそっとは、手加減とかではない。

高度な技術力を見せつけるようなへアピンが、ネットギリギリを通り輝のコートに落ちた。

お前には一生とれないかもな、とでもいうように。

輝は、遊佐さんがチラッと水嶋くんを見たことに気づいた。

これは、審判の水嶋くんに見せつけたショットでもあるんだな、と思った。

思い切り叩くこともできた球を、こんなふうにネットギリギリにそっと落とすのは、その方が相手のメンタルを抉《えぐ》ることがあるからだ、と教えるために。

事実、強烈なスマッシュを予感して強張《こわば》っていた輝は、もうその1点を諦めていて、どここでこれは仕方ないと思っていた。

けれど、ネット際の球は、憐れんでいるような、不甲斐《ふがい》なさをあざ笑っているような雰囲気で、輝はとてもへこんだ。

水嶋くんが、眉間にしわを寄せていた。

――そういうところだよ、水嶋くん。君の悪いところ。

輝は小さくため息をつく。

――自分がもし同じことをやられたのなら、学びとして吸収し、自らに取り入れていくくせに、他の仲間がやられるとムッとする。それは、優しいとかじゃなくて、仲間を信じてないってことだよ。

輝は改めて、正面に無表情で立つ遊佐さんを凄い人だと思う。

遊佐さんは、いつだって、全力でチームのことを考えてくれている。今向き合っている輝のことだけでなく、審判も含め周囲で見ている人たちの成長を考え、一つ一つのショットを選んでいるように見える。

結局、1点も返せなかった。

実は、奇跡的に、偶然、フレームショットが再び出たのだが、遊佐さんは、それをニヤッと笑って、クロスロブで返してきた。

もうお前には偶然の1点はやらないよ、というように。

最も、学ぶことの多いコートだった。

輝は、深々と遊佐さんに頭を下げた。

同じように、コートサイドに並んでいた部員たちの中に頭を下げた者がいたのは、遊佐さんの意図がわかったからだろう。

遊佐さんも、輝にきちんと礼をしてコートを出ていった。


「どうでしたか?」

練習終わりに、海老原先生が輝を呼び止めて訊いた。

「有意義でした」

「そうですか。では、明日からもしばらく続けますか?」

「はい。できれば、チーム全員とやりたいです。……そして、可能なら、水嶋くんとは何度か」

「ほう。理由は?」

「水嶋くんには、次のエースに育っていく自覚を持って欲しいと思っています。だからこそ、今、彼の欠点をちゃんと伝えようと思います。そのためにも、もう少しデータが必要です」

「わかりました。そのように組みましょう」


その日から輝は、何度も5点マッチを繰り返した。

塵も積もれば山となる、とはよく言ったもので、部員たちのデータをとるためと思っていたのが、集中的に様々なタイプの人たちとゲームを繰り返すことで、輝の技術や体力も上がっていった。

最初の三日は一度も勝てなかったのに、何度か勝利しコートを出ることができたのは、嬉しい誤算だった。

もちろん、すぐに挑み直され、あっさり負かされた。しかし、輝に負けた人たちは、先生の思惑通り、油断大敵を胸に刻んだはずだ。

そうこうするうちに、インターハイの県予選が始まり、個人戦シングルスでは遊佐さんが、ダブルスでは遊佐・横川ペアが優勝を決めた。そしてその勢いのまま、団体戦の出場も決めた。

第五章　助走

京都でのインターハイに、水嶋くんは急な発熱で来ることが叶《かな》わなかった。

東山ツインズ以外は、一年は応援のみだが、インターハイという特別な舞台の空気感を味わえなかったことは、水嶋くんにとって大きなマイナスになるだろう。

輝でさえ、今まで味わったことのないあの肌のざわつきに胸が締め付けられたのだから。

それもあり、輝は、横浜湊の試合だけじゃなく、他校の試合や観覧席での様子、アップのやり方など、インターハイでのあれこれを入念に動画に撮り、メモも残した。

遊佐さんはシングルス、ダブルスで優勝を手にしたが、横浜湊は団体戦では三位という結果に終わった。

だからこそ、来年はきっと。

――横浜に戻ったら、これを水嶋くんに届けないと。

輝はそう決意し、帰りの新幹線に乗り込んだ。

榊くんの発案で、それとは別に、大会の記念Tシャツと京都銘菓の生八つ橋も買った。

家に戻り家族で夕食をとった後、輝と兄は、兄のリクエストで土産に買ってきた阿闍梨《あじゃり》餅《もち》を食べながら、夜遅くまで語り合った。

兄は、明日、留学のためカナダに旅立つ。

輝が京都から戻ってくる日を考慮して、出発日を調整してくれたのだ。

「輝、よかったな」

麦茶で喉を潤しながら、兄が言う。

「何が？　僕たち準決勝で負けちゃったんだよ。遊佐さんは頑張って二冠に輝いてくれたけど」

輝は、首を傾げる。

「そういうことじゃない。好きなものが見つかって、そんないい顔ができるようになったってことがだよ」

「いい顔？　僕が……」

「ああ。応援だけとはいえ、いい経験ができたんだな、と思えるよ。仲間との絆も深まったんだろうなって。目の輝きが今までと違う。どんなものを見てきた？」

兄が少し身を乗り出す。

たくさんのものを手に入れることができた。

目に見えるものと、見えないけれどそこにあるもの。

「……僕、自分があんな全国レベルの大会に参加できるなんて、考えたことなかったから。その場に身を置いていることにまず感動したんだ。横浜湊に入ってから、僕の道は大きく開けて、歩き方も知らなかった僕を仲間がここに連れてきてくれたんだって思ったら、泣きそうになって」

「そうだな。湊に入ってまだ半年も経《た》っていないのに、お前は、インターハイの舞台を経験できたんだもんな。それって奇跡だよな」

「どの試合もレベルが高くて。みんな、コートに立つと、顔つきが変わって、見えない炎に包まれているようだった」

輝も麦茶を飲む。

「そんな中に毎日のように切磋琢磨している人たちがいて、臆せず堂々とやり合っていて。あんな間近で……頑張れ！　って心から願って、大きな声を出して、拍手して。……嬉しかったし、……悔しかった」

「悔しかったか。……優勝したかったたんだもんな」

それもある。

でも、もっと別の悔しさの方が大きかった。

「……僕はこの先も、あのレベルの試合に出場できる可能性はない、それはわかってる。だけど、ただ応援しているなんて、それだけしかできないのは悔しいって思った。だから、僕は、なんとしてでもチームに必要な人になろうと思うんだ」

輝は、テーブルの下で拳を握る。

「いいね！　熱いね！　こんな輝を見られるなんて、嬉しいよ。……しばらく日本に戻ってくることはできないけど、ずっと応援してるからな。輝のこと、横浜湊のバドミントン部のこと。頑張れよ!!」

「ありがとう、兄さん。兄さんも、夢に向かって頑張ってね」

「おお！　ありがとな」

兄が、バンザイ三唱しよう、などと言い出す前に、輝はお風呂に入ると言って、素早く席を立った。


翌朝早く、兄は、両親に見送られ成田空港から旅立った。

輝は、父の車に乗り込む前の兄と固い握手を交わし、そこで兄を見送った。

空港まで行くとやはり疲れが残る。

明日には、夏合宿が始まる。休める時に休む。休むこともまた練習の一環だと、海老原先生にはいつも言われている。

それに、インターハイの期間中、やはり勉強はあまりできていなかった。合宿中もおそらく体力的に無理だろう。

輝は、その日は家でしっかりと勉強に励んだ。


夏合宿が始まった。

これを機に三年生は部活を引退し、部長は本郷さんから横川さんに、副部長は吉川さんから田村さんに代替わりする。

ただし、本郷さんと吉川さんは、すでに推薦で大学が決まっているので、合宿の間は引き継ぎ期間となるらしい。

横川さんが新しい部長になることは、暗黙の了解というか、誰もがそう願っていた。

海老原先生が指名した時は、拍手喝采だった。

それほど、横川さんへのチームの信頼は大きく揺るぎないものだったといえる。

その傍らで、遊佐さんが胸を張って満面の笑みをたたえていたのには、少し笑えた。

しかし、笑えたのはそこまでだった。

控えめに言って、合宿は地獄だった。

灼熱地獄だけでなく、通常練習をはるかに凌駕《りょうが》する質と量、入れ代わり立ち代わり来てくれたOBの方たちのプレッシャー……そういうものが幾重にも重なった地獄だ。

みんな、悲壮感漂う顔つきになり、休憩の時でさえ口を開く者はいなくなっていった。

そんな中、水嶋くんは一人、とても活き活きとしていた。

インターハイに同行できなかった自らへの鬱憤《うっぷん》を吐き出すかのように、どんな練習にも前向きに立ち向かっていた。

――ああ、これだ。

水嶋くんが生み出す潑剌《はつらつ》としたリズムに、輝は自然と笑みが出てくる。

あの日感じた、ときめき、喜び、期待を思い出して。

「輝、何、笑ってたんだ？」

休憩時間に榊くんが尋ねてきた。

それはそうだろう。

辛《つら》く単調で、苦しいばかりの基礎練習の途中だったのだから。

「なんででしょうか？　嬉しいんです。こうして仲間といっしょに頑張れることが」

「おう！　わかるぞ。苦しいんだが、楽しいんだよな、基礎錬ってさ。ちょっとずつハイになっていく感じ」

「なんか、そういうホルモン出てるからだろ？」

松田くんが、タオルを頭からかけたまま言う。

「エンドルフィンという脳内ホルモンですね。辛く苦しい状態が続くとそのストレスを軽減しようとするホルモンが分泌されるそうですよ」

輝が答えると、なぜか榊くんも松田くんも、ヤレヤレという素振りで離れていった。

「あんまり難しいこと、この状況じゃ頭に入んないんだよ」

水嶋くんが笑いながら言う。

「……でも輝って凄いよね。いろんなこと知ってて」

「そんなことないですよ。バドのことはまだまだ知らないことが多くて、日々勉強です」

「海老原先生が、よく考えろ、ってしょっちゅう言うだろ？　だから俺もなるべく体だけじゃなく頭も使おうと思ってるんだけど、そうすると、なんか動きがぎこちなくなるんだ」

「……水嶋くんは観察力が高いから、入ってくる情報量が多すぎるのかもしれませんね。

それが処理しきれないというか」

「……そうなのかな？」

休憩が終わり、この話はここで終わった。

輝は、水嶋くんの記憶力が特殊なものだということをなんとなく察していた。

だからなのか、彼は暗記科目の成績はとてもいい。反面、思考力が試されるものの点数は少々残念なものだ。だから、定期テストの前には、輝がつきっきりで勉強を見ている。

進学コースの彼が平均点以下になると、追試に合格するまで部活動が禁止される。そうなると困るのは、彼だけじゃない。部全体のダメージになるからだ。

水嶋くんは、何でもかんでも興味さえあれば、あるいは必要に迫られれば記憶する。けれど、その情報をうまく処理し応用できてはいない。

宝の持ち腐れ、ということだ。

この宝をどう活かせばいいのか、とても重要な問題だ、と輝はしっかりメモした。

これは、海老原先生と話し合う必要もあるので、赤で大きく丸印もつけておいた。


二学期になった。

新人戦の前にはまたランキング戦がある。

遊佐・横川ペアが、別の大きな大会、国体やジュニアオリンピックに出場するため、別メニューで強豪に進学しているOBたちと調整すると聞き、一年のみんなは色めき立った。

三年が引退し、遊佐さんたちが抜ければ、レギュラーに食い込むチャンスが大きくなるからだ。

夏合宿の厳しい試練を乗り越えた成果なのか、水嶋くんを筆頭に一年のメンバーは大きく力をつけてきていた。

水嶋くんはようやくですかね、と海老原先生がにんまりしていたくらいだ。けれど、僕が言うのもおこがましいが、と思いながらも輝は呟《つぶや》く。

「まだまだ、横浜湊の悲願『インターハイ団体戦優勝』、そして次の未来を担うには力不足ですね」

ここからもうワンステージ上がっていくためには、体力、技術力以外に、彼には情報処理能力を鍛えてもらわないと。

遊佐さんが、エースであり続ける理由の一つ。それは豊富な経験に裏打ちされた、判断力の的確さだ。それがないと、遊佐さんの閃きも有効にならない。

輝は、合宿後、水嶋くんにある提言をした。

「僕と同じように、ノートをつけませんか？」

「ノート？」

「水嶋くんには、とても優れた記憶力がありますから。……練習や試合後、少し落ち着いてから書けばいいので、その点でもお薦めです」

「でも、俺の記憶って、モノクロの、いや濃淡さえないもので……」

味気ない、淡々とした記憶に意味があるのか、と以前にも水嶋くんはこぼしていた。

「その中から、じっくり考えて拾ってください。いつもと違う何か。よくても悪くても。……いわば、塗り絵ですね。水嶋くんの線画の記憶に、色をつけていく作業。これをやってみませんか？」

「……それをやると、俺は今より強くなれる？」

なれます！　と言ってあげたい。でも。

「わかりません。……塗り絵が上手だからといって絵がうまくなるとは限りませんから。でも、続ければヒントが生まれてくるのでは？　膨大な情報を取捨選択し、自分に必要なものを取り入れていくための」

水嶋くんはしばらく考えて、それから頷いてくれた。

輝は、水嶋くんのこういうところがいいな、と思う。

いつもきちんと相手の言葉を聞いて、かみしめて、考えて、そして判断する。

「やってみる。でも、俺、輝と違ってみんなに見せられるようなものは書けないから、輝にだけ見せる。そんで、もし気づいたことがあったら教えて欲しい」

そう言って、水嶋くんは輝に頭を下げた。

他のメンバーにも、それぞれに合うだろうアドバイスはした。

受け入れてくれたのは、水嶋くんの他には、遊佐さんと横川さんだけだった。

榊くんは、「おおっ、ありがとな！」とこれ以上ない笑顔で頷いてくれたが、まったく変化がない。ツインズの二人も同じ。拒否はしないが、実践には結びついていない。松田くんは、「ありがとう。でも自分のやり方でもう少しやりたいから」と言った。

松田くんらしいと思った。けれど、他の人の意見を受け入れられないということは、柔軟さに欠けるということ。一人でできることは限られている。

遊佐さんたちへのアドバイスは、主に基礎トレーニングの質や種類の変更の提案だった。遊佐さんも横川さんも、その場で疑問点を尋ね、輝の答えに納得すると、その日から、練習に反映させてくれた。

国体を終え、チームに戻ってきた二人に、「成果が出たぞ。輝のおかげだ!!」と言ってもらえた時には、本当に嬉しかった。

——僕でも貢献できるんだ。チームに！

心の中で何度も、バンザイを唱えた。

そして、遊佐さんと横川さんがいない間、チームをまとめたのは、二年生で副部長の田村さんだ。

ふだんは、カリスマオーラ満点の遊佐さんと徳高望重《とくこうぼうじゅう》を体現するような横川さんの陰で存在感の薄い田村さんだが、実はこの人のチーム内での存在はとても大きい。

中学時代から有名だったツインズや榊くんだけでなく、帰国子女で、どれほどのものかわかっていなかった松田くんの実力が目に見えてきて、そして地味だった水嶋くんが覚醒し、新人戦で大活躍。

一年生の存在感が無視できなくなってきた今、二年生たちの心情は複雑極まりない。その先輩たちの精神的なケアも含め、チームを引っ張っていくのは大変だったと思う。それでも、いつも穏やかな笑みを浮かべ、「勇往邁進、悔しさや妬《ねた》みを力に変え、切磋琢磨し強くなれ」と、新人戦前のランキング戦でぎくしゃくしたチームをまとめ上げていった力量は素晴らしい、と輝は思った。

そのことを海老原先生に告げると、先生はこう言った。

「彼はね、沈着冷静でしょう？　それにね、遊佐くん、横川くんとは違い、できない者の気持ちも理解できる」

「遊佐さんは、まあアレですが、横川さんは、僕たちの気持ちを慮《おもんぱか》ってくれていると思うのですが」

「横川くんは、挫折も葛藤も人並み以上に味わってはきていますが、バドミントンの才能でいえば、あちら側。つまり、天才。しかも遊佐くん以上に努力を欠かさない天才ですよ」

なるほど。

高い壁のこちら側で喘《あえ》ぐ者の気持ちは、その壁の高さを実感している者にしかわからない、ということか。

遊佐さんや、横川さんは、その壁を飛び越えてあちら側へ。

ツインズ、水嶋くんもやがて越えていくはず。

もっとも、次の壁が彼らを待ち受けているのだろうが。

しかし、田村さんがいてくれたおかげで、チームがまとまったことは事実。

そして田村さん自身も、貴重な戦力だった。

壁のこちら側でも、できることがあるということだ。

「選手層が厚くなったことは喜ばしいことです。しかし、田村くんも来年の夏を最後にいなくなる。その後を誰がまとめていくのか。……内田くん、よく考えて、盗めるもの、学べるもの、たくさんのものを吸収していってください」

はい、と輝は頷いた。


秋の終わりから冬にかけては、春に行われる選抜大会に向けての、地道で厳しいトレーニングの日々だった。

そんな中、水嶋くんのノートは着実に増えていく。

正直驚いた。

こんなことまで記憶しているのかと。

そして、変わらず淡々とした描写が続くことに、輝は正直焦りを覚えていた。これなら水嶋くんの脱皮に役立つのでは、と勇んで提言したが、成果が出ていないと思えるからだ。

そんな彼のノートに初めて色がついたのは、選抜大会で、遊佐さんの個人戦シングルス、決勝戦を見た日だ。

振り返ってみれば、水嶋くんは前回のインターハイには来られなかった。だから、全国レベルで戦う遊佐さんを生で見るのは初めてだった。

決勝戦の相手は、埼玉《さいたま》ふたば学園の高橋基樹《たかはしもとき》選手。タフで粘り強い、どこか水嶋くんに似たプレーをする人だ。

試合は、終始遊佐さんのペースで進み、危なげな場面など一つもなかった。

関東大会、インターハイ、と大きな大会でも無敗の遊佐賢人らしい、いつも通りの試合運びだった。

水嶋くんも、何度も見ているはずだ。遊佐さんの、こういう試合。

でも、その試合が、水嶋くんの記憶に彩《いろど》りをくれた。

セカンドゲーム、20－10からのマッチポイントのラリーだった。

ゆっくりしたペースで始まったそのラリーだが、終盤、遊佐さんの激しい攻撃ラッシュになった。相手が挫《くじ》けるまで手加減はしない、とでもいうように、絶対に手を緩めず、前後左右に攻め立てていた。

相手も粘りに粘っていた。ただそれは、守っているだけ、とも言えた。

粘って相手のミスを待つ、という戦い方はよくある。

しかし、遊佐さん相手にそれは、あまり有効ではない。

攻め立てている時の遊佐さんは、ほぼミスをしない。

けれど、このラリーでは大きなアクシデントがあった。

ラリー中、遊佐さんのストリングスが切れたのだ。

どちらかが1点をとるまで、ラケットの交換はできない。

ダブルスなら、相方が粘ってくれている間に交換する、という場面も稀《まれ》にあるが、シングルスでは無理だ。


水嶋くんは、このシーンを、青いペンでこう書いていた。


ストリングスが切れた後も、遊佐さんは何事もなかったかのようにラリーを続けた。

あのラケットでは、思うように球は操れない。

それなのに、遊佐さんは、球をマジシャンのように操りラリーを続けた。

あの体幹の強さ、1点を諦めないメンタルのしぶとさ、相手の球を予測する素早さと的確さ、どれも素晴らしかった。

俺なら、すぐに1点を諦め、ラケットを交換し次のラリーに臨んだ。

1点をとられても、まだ大きな差があるのだから。

でも、遊佐さんはそうしなかった。

なんのために？

訊いたわけじゃない。

でも感じた。

すべては、チームを鼓舞するため。

最後の最後まで諦めるな。

諦めたら、そこで何もかもが終わる。

たとえ、その試合に勝っても、諦めた記憶は、心身を蝕《むしば》むと。

遊佐さんがストリングスの切れたラケットで最後のラリーを制した時、俺には、そんなメッセージが聞こえた。

水嶋くんには、このシーン、高温の青い炎に見えたのかもしれない。

第六章　バトンをつなぐということ

新しい春が来た。

新入部員を迎え、横浜湊バドミントン部も新たな鼓動を刻み始めた。

二年に進級したみんなは、それぞれに課題を抱えつつも確実に成長している。

ただし、ツインズにはもうひと頑張りしてもらいたい。

一年からレギュラーの座を維持し続けている彼らだが、ムラのある試合が多い。

格上に粘り勝ったかと思えば、格下に負けることもある。

選抜大会でも、何度か、明らかに実力で優っている相手に負けを喫していた。

埼玉ふたばのエースダブルスに完敗したのは仕方ないとしても。

「君たちの役割は、新チームで確実な一勝をもたらすことです。たとえ、埼玉ふたばが相手でも」

海老原先生は、選抜大会の終了後、ツインズにそう告げた。

輝も同じ考えだ。

「埼玉ふたばが相手でも……」

陽次くんがそう呟くと、太一くんがそれを遮るように言った。

「そうですね。誰が相手でも」

海老原先生は、太一くんの熱いまなざしを見て頷く。

確実なダブルスでの二勝。

関東大会のように二複一単だと、それだけでチームは勝利を手に入れることができる。

インターハイのように二複三単でも、団体戦に必要なのは、シングルスでのあと一勝。

第一シングルスの座を競い合っている実力伯仲の松田くんと水嶋くん、どちらかが勝てばいい。

そして、最後には絶対王者の遊佐さんが控えている。

控えているだけで、相手は闘志を削《そ》がれる。どう頑張っても、あの人と当たった段階で夢が潰《つい》えると。

ツインズの一勝が、チームに余裕を与える。

その自覚が、ツインズの二人に、もっと強く具体的に芽生えるよう、輝も協力を惜しまないつもりだ。


特別進学コースは、一クラスしかないので、クラス替えはない。

見慣れた級友たちと、静かで穏やかな新年度が始まった。

「内田くん、ちょっといいかな」

ただ一つ、変化といえば、担任が新しく海老原先生になったことだ。

ホームルームが終わってすぐ、その海老原先生に声をかけられた。

「はい」

輝は、先生の後について廊下を歩いていく。

職員室の手前にある、相談室エリアに行くのかと思ったら、連れていかれたのは書道室だった。

輝は、首を傾げる。

輝の選択科目は音楽だ。

書道室に来たのは、級友に誘われ春休みにボランティアで参加した近隣住民とのふれあい教室以来だ。

「小浦《こうら》先生、内田くんを連れてきました」

海老原先生が声をかけると、奥から小浦先生が手に何枚かの作品を持ってやってきた。

「お待ちしてました。……どうぞ、ここに座ってください」

小浦先生に勧められ、輝は海老原先生と並んで、小浦先生の向かい側に腰かけた。

「横浜湊」の文字が書かれた半紙が並べられていく。

ただ、それとは別に、「勇往邁進」と書かれたものが、最後に一枚、置かれた。

――これは、ふれあい教室で僕が書いたもの……。

そういえば、預からせて欲しい、と小浦先生に言われ置いて帰ったことを、輝は思い出す。

「実は、小浦先生に、新しいユニフォームの背中に入れる『横浜湊』の文字をお願いしていたんですよ」

海老原先生が、ずっと訝《いぶか》しそうにしている輝に言う。

——なるほど。

とはいえ、輝が今ここに呼ばれた理由はまだわからない。

「私も、光栄なことだと二つ返事でお引き受けしたんだけどね。……内田くん、君がふれあい教室で書いてくれたこの字を見て、ちょっと考えたんだ。……内田くんは、どこかで書道を習っているのかな？」

「母方の祖父が書道家で、母も嗜みますので、母に幼い頃から手ほどきを受けています」

「やはりね。もしかしておじいさまは、内田十三夜《じゆうさんや》さんかな？」

「はい。ご存じですか？」

「もちろんだよ。書道の道に進んだ者なら、誰でも知っている方だからね」

「そうなんですか？」

母方の祖父母は京都在住で、そう頻繁に会えるわけではない。

会いに行った時も、特に書道を習ったことはない。輝が受けたのはあくまでも母からの教えだ。

ただ、書道家だとは知っていて、時おり、祖父がこちらで展覧会をする時などは、母と会場に出向いたりはしていた。

祖父の作品は、力強く、激しい情熱を感じるものが多いと思っていた。

小柄で温和な祖父からは想像できないもので、祖父の内面にはこれほど激しいものがあるのかと、初めて個展を訪れた時にかなり驚いたことを思い出す。

小浦先生は、キョトンとした輝を見てもっと驚いていた。

「いや、まあ、その程度の認識なら仕方ないが。……内田くん、君ね、この作品をもし書道コンクールに出したら、間違いなく特別な賞をとれるレベルだよ」

輝は、驚いて、海老原先生を見る。

「内田くんは、自分ができないことには真摯に向き合いますが、できることには無頓着《むとんちゃく》ですからね」

海老原先生が微笑む。

「選択科目でとっている音楽の杉山《すぎやま》先生もおっしゃっていましたよ。君の声楽の才能は素晴らしいし、それ以上に作曲の才能が飛び抜けていると」

輝は首を傾げる。

課題で、谷川俊太郎《たにかわしゅんたろう》の詩に曲をつけたアレのことだろうか？

いや、だったら、買い被《かぶ》りにもほどがあるのでは。

それに、目の前のこの「勇往邁進」も、とてもコンクールに出せるものではない、と輝は思う。

「もちろん、技巧的なところで未熟な点はある。でもね。私は、思うんだ。書道の魅力は、どれだけそこに想いがこもっているかだと。激しくても、穏やかでも、静かでもうるさくても、そこには、その人のその瞬間の想いが宿っていることが大事だと」

なるほど。それには納得できる。

輝は頷く。

――あの時、僕はためらわずに「勇往邁進」の四文字を書いた。その時、脳裏にあったのは、仲間の弾むような音とリズム。そして、それぞれに悩み葛藤し、もがきながらも前を向く姿。

できあがった作品に、「横浜湊高校　内田輝」と書ける喜び。

自分で選んだ場所で、今、最高の時間を送っているんだという想い。

そんなことを感じながら、書き上げた作品だった。

「だからね、ユニフォームの文字は、君が手掛けた方がいいんじゃないかと思うんだ。私のものより君のものの方が部員たちの士気も上がるのではとも思う」

――えっ!?

「それで、海老原先生にご相談させてもらったわけなんだ」

「ぼ、僕の字で、ユニフォームに？」

「そう。君の字で。私に遠慮はいらない。……この力強さ。勇往邁進という言葉の強さもあるのだろうけど。それだけじゃない。凄く情熱を感じる。……どうだろうか？」

もう一度、海老原先生を見る。先生は、静かに微笑んでいる。

輝は背筋を伸ばし、目を瞑《つぶ》る。

そして、様々な疑問を自分にぶつけた。

どんな文字で、大切なユニフォームに想いをこめればいいのか？

自分にできるのか？

やりたいのか？

僕は、それでチームの力になれるのか？

輝は、そっと目を開けた。

「やらせてください」

輝の答えに、海老原先生、小浦先生、二人が揃って頷いてくれた。

「僕、やってみたいです。……小浦先生、お昼休みしばらくここに通いますので、ご指導、お願いできるでしょうか？」

「もちろんだよ。私に君を指導できる力量があるのかどうか自信はないが、精一杯やらせてもらうよ」

「ありがとうございます」

輝は立ち上がり、小浦先生に深々と頭を下げた。


それからしばらく、輝はバドミントン部の仲間と昼食をとった後、書道室に通った。

最近は、卓球室での対決がブームになっていたので、元卓球部の輝が抜けてみんなはちょっとがっかりしていたけれど、なぜ抜けるのかを詮索《せんさく》することもなく「特進は勉強も大変だから仕方ないよ」と勝手に納得してくれていた。

横川さんだけは、先生から事情を聞いているのか、「よろしく頼むな。楽しみにしている」と言ってくれた。

隣にいた遊佐さんは、事情を知っているのかいないのか、「時間ができたら、卓球対決、絶対やるからな。……次こそ負けない」と睨んできたので少し怖かった。

遊佐さんは、日本一の負けず嫌いだと思った。


いったい何枚の半紙をムダにしただろうか。

申し訳なくて、途中から、母に事情を話し半紙を持ち込んだくらいだ。

そうして、タイムリミットの二日前に、ようやく満足のいく字が書けた。

「内田くん、いや、これは本当にいいよ。素晴らしい出来だ。ユニフォームにプリントするなんてもったいないくらいだ」

小浦先生も、そう言って褒めてくれた。

海老原先生は、にっこり笑って、「ありがとう。みんなの力になるいい字だ」と言ってくれた。

「こんな機会を頂き、丁寧なご指導も頂けて、本当にありがとうございました。この経験を宝物にします」

そう言って、輝は、小浦先生と海老原先生に頭を深く下げた。

いよいよインターハイの県予選。その直前に、新しいユニフォームが出来上がった。

海老原先生が、背中の「横浜湊」は輝の手によるものだとみんなに伝えると、大きな歓声が沸き上がった。

嬉しかった。

たくさんの想いがこみ上げてきたが、涙は堪《こら》えた。

――こんなところで泣いてちゃだめだ。今からが本番。……僕は、もっともっと、チームの力にならなくてはいけないんだから！

ただ、その夜、嬉しさのあまり、カナダにいる兄の周に、ユニフォームの写真付きのメールを送った。

【よかったな。それにしても、いい字だ。俺もまた横浜湊に通いたくなったぞ】

その兄の返信にちょっぴり涙ぐんでしまったのは、不覚だった。

インターハイの県予選。個人戦シングルスでは、遊佐さんと水嶋くんが決勝に残り、インターハイ出場を決めた。

ダブルスでは、遊佐・横川ペアとともにツインズが出場枠を手にした。

みんなの頑張りが、実を結んだ結果だ。

そして迎えた団体戦。

決勝は、予想通り、ライバル法城《ほうじょう》高校。

二ダブのツインズに、法城は、エースダブルスを当ててきた。

そのせいで、と言い訳はできないが、ツインズが敗れたことで、一勝一敗になった。

第一シングルスは、水嶋くんだった。

この一年で、一番の成長を見せている水嶋くんだが、相手の法城高校のエースシングルスの橘《たちばな》くんも同じように、この半年でメキメキと実力をつけ頭角を現してきた、サウスポーの選手だ。

どんなスポーツでもそうかもしれないけれど、バドミントンにおいて、サウスポーの有利さは大きい。

単純に右利きの人が多いから、左利きとの対戦に慣れていないということもあるが、シャトルの構造上の性質で、左利きの人が打つカットやカットスマッシュは、減速しにくいと言われている。

しかし、水嶋くんも無策でここに立っているわけじゃない。

海老原先生は、こういう対戦を予測して、部にいる唯一のサウスポー小林《こばやし》さんとの対戦を繰り返し組んでいた。

その効果もあり、水嶋くんはファーストゲームをすんなりとものにしたが、セカンドゲームはかなり苦労していた。

ファーストゲームで練習の成果が確認できたことに、少し油断があったのかもしれない。けれど、中盤からは輝のアドバイスに素直に頷いてくれ、心身を引き締め、よいリズムで戦い抜けたと思う。

結局、ストレートでもぎ取った水嶋くんのこの一勝が、横浜湊のインターハイ出場をほぼ決めた、といえる。

次に控えていたのが、絶対王者の遊佐さんだったから。

本当は、海老原先生は、第二シングルスを松田くんに任せ、遊佐さんには最後の砦《とりで》ともいえる第三シングルスを任せるつもりだった。

けれど、前日、遊佐さん本人から、第二シングルスで出場したいと、申し出があった。

なぜなら、おそらくその対戦相手が法城のエース岡崎《おかざき》さんになると思われたからだ。

もし、ツインズ、水嶋と二敗を喫したら、次を落とすわけにはいかない。そこで、岡崎さえ叩いておけば、後は松田がきっちりとるはずだという遊佐さんの言葉に、先生が頷いた結果だった。

遊佐さんは、必死で食らいつく岡崎さんをものともせず、あっさりと勝利した。

全国制覇へのまずは第一歩。

横浜湊は、団体戦でのインターハイ出場権も手に入れた。

そして、チームは、インターハイ決戦の地、沖縄に降り立った。

飛行機から見えた楽園のような風景に輝も声を上げたが、楽しむ暇もなく、チームは割り当てられた体育館で練習に入った。

沖縄に来てから、みんなの顔はいちだんと引き締まったように見える。

もちろん、輝も同じだ。

今度こそ、悲願の団体戦優勝を！

その気持ちは、レギュラーだけでなく、チーム全員に共通していた。

インターハイでは、先に団体戦が行われる。

輝は、マネージャー枠でベンチに入れることになった。

輝も、マネージャー的な仕事はしているが、実質、マネージャーといえば、新しくチームに入ってくれた櫻井《さくらい》花《はな》さんだ。

それに、このインターハイが終われば引退する三年の先輩たちも、せめてベンチに入れればと思っていたはずだ。

それでも、櫻井さんも先輩たちも、笑顔で輝をベンチに送り出してくれた。

「今年勝てばいいんじゃないからな。これから伝説を作ってもらうには、輝、お前がベンチで学べることは多いはずだ」

そう言ってくれた、田村副部長の言葉を、輝はこの先、絶対忘れないでおこうと思った。

初めてのインターハイのせいか、本番前に水嶋くんは少しメンタルが不安定になっていた。

それを、遊佐さんが練習でしっかり締め、榊くんが練習以外の時間で宥《なだ》めてくれ、ほどなく、いつも通りの彼に戻ってくれた。

おかげで、初戦から彼らしく、インターハイ本番のコートを楽しんでくれている。

それを見て、一番ホッとしているのは、海老原先生だろう。

もちろん、王者埼玉ふたば学園に勝利し優勝することが目標だが、決勝に進むまでにもたくさんのライバル校が待っていた。

特に、次の準々決勝で当たる、関西の古豪比良山高校は相当に厳しい相手だ。

第一シングルスの岬省吾くん。彼は、遊佐さんが卒業してから、神奈川県の中学王者だった選手だ。

データを見ても、一年生の後半からすでにレギュラーに入り、チームのエースとして活躍している。

常に第一シングルスを担当しているので、おそらく、水嶋くんが相手をすることになるだろう。

もし、ツインズが負けたら、第二シングルスの松田くんの相手も、かなりの強者なので、横浜湊は瀬戸際に追い込まれることになる。

とはいえ、県予選の決勝の時のように、第二シングルスに遊佐さんを持ってくることはできない。

遊佐さんは、インターハイでは団体戦の直後に、個人戦シングルス、ダブルスの出場を控えているからだ。

準々決勝まではそのことを考慮し、対戦相手によっては、遊佐・横川ペアの代わりに水嶋・榊ペアが出ていたほどだ。

ここまでの救世主は松田くんだった。

沖縄に入ってから、松田くんは絶好調で、一セットも落とすことなくチームに貢献してくれていた。

体力、忍耐力が彼のウイークポイントだと言われていたが、この真夏の沖縄で、こうも素晴らしいパフォーマンスができるということは、彼がどれほど努力してきたかの証《あかし》のようなものだと、輝は思った。

準々決勝、対比良山高校。

第一シングルスの、水嶋くんと岬くんの戦いが始まった。

「この試合が準決勝への道を拓く。そのつもりで戦うように」

海老原先生は、試合前、それだけを水嶋くんに告げた。

水嶋くんは頷いた。

もちろん、事前に収集した岬くんのデータは、すべて水嶋くんに伝えてある。

だからこそ、現時点で、水嶋くんより岬くんの方が格上だということもわかっている。

それでも、水嶋くんは岬くんに勝つことしか考えていない。

データを実戦でどう活かすか。そこに輝は手出しできない。

ゲームが始まれば、インターバルまで誰もどんなアドバイスもできない。

水嶋くんは、一人で考えて、組み立てていくしかない。

だけど、輝は少しも心配していなかった。

彼の、昨日のノートには、たった一行こう書いてあったから。


岬は強い。でも、俺は勝つ！　そのために必要なものは、全部もう持っている。


接戦を制し、水嶋くんは岬くんに勝利した。

少し心配だったツインズも、遊佐・横川ペアから少し遅れて勝利を手にしていた。

これで、準決勝に進める。

勝者サインに向かう水嶋くんの背中を見ながら、松田くんが、ぼそっとこぼした言葉が、輝はとても印象的だった。

「水嶋は、とうとう、あっち側に指をかけたな。俺はもう、その背中を見て応援することしかできないのかな……」

「あっち側？」

「……勝負の世界っていうのは、努力が報われる側と、努力したことが勲章になるだけの側に分かれるんだ。水嶋は遊佐さんたちがいるあっち側に、この大会で立ち位置を変えると思う。……ただそれが幸福かどうかは、誰にもわからないけど」

けれど、そんなことを達観した表情で言っていた松田くんが、準決勝も勝ち抜き、王者埼玉ふたば学園に挑んだ決勝で、たくさんの人の胸を熱くする輝きを放った。

素晴らしい試合だった。

松田くんも相手の選手も、二人がともに素晴らしいパフォーマンスを見せてくれたからこその、記憶に残る一戦だった。

輝も、もちろんたくさんの感動をもらい、一生忘れない、と思った。

試合直後に、松田くんが倒れたことで、チームはその感動や団体優勝の喜びは後に持ち越すことになったが、だからといって、感動が薄れることはなかった。

だから、帰りの飛行機で隣になった松田くんに輝はこう言った。

「あっち側とかこっち側とか、決めた時点でこっち側になっちゃうんですよ。……僕らは一年後、またインターハイの舞台に立ち優勝を目指すんですから、もう壁は作っちゃダメです。あっちもこっちもなく、ただ目標を実現するために上り続ける、そうしませんか？」

松田くんは、長い間、黙ったままだった。

やがて、小さな声で、けれどはっきりと言った。

「輝、俺は次のインターハイが終わったらバドとは距離を置くつもりだ。……だからこそ、そうだな、今は、輝の言う通り壁は作らず、連覇を目指し全力を尽くすよ」

――今は、ですか。

目を瞑ってしまった松田くんを見て、輝は思う。

――松田くんはバドを離れても、いつかきっとバドに戻ってきますよ。あっちもこっちもない、山々はあれど果ても区切りもない、だだっ広いバドミントンの世界に。


インターハイで、チームの念願だった団体戦優勝を飾り、遊佐さんが個人戦ダブルス、そして水嶋くんとのシングルス決勝戦も制し、三冠を手にしたことは、本当によかったと思う。

横浜湊に選手も集めやすくなる。

箔《はく》もつく。

だけど、本当によかった点は、遊佐さんのいなくなる横浜湊を侮る人が少なからず出てくることだ。

個人戦の決勝で遊佐さんと死闘を繰り広げた水嶋くんの奮闘も話題にはなったが、三冠の輝きには遠く及ばない。

これはある意味チャンスだ。

侮りは油断を呼ぶ。

あまりに大きく煌めく存在の陰で、輝たちは相手の油断をも味方につけ、黙々と力をつけていけばいい。

喜びは沖縄の空に大きく飛ばし、横浜に戻ってからは、そのための練習メニューを、輝は海老原先生と相談し、着々と練り上げていった。


その夏の合宿で、輝は横川さんから部長を引き継いだ。

実力ではレギュラーになれない輝が部長ではチームがまとまらないのでは、と心配したが、仲間だけじゃなく、先輩からも後輩からも揃って大きな拍手で迎えられ、新副部長榊くんの先導でバンザイ三唱が体育館に鳴り響いた。

本当に嬉しかった。

横浜湊を選びここで仲間といっしょに切磋琢磨してきたことは、間違いじゃなかったんだと確信できた。

秋から冬にかけての練習は過酷を極めた。メニューを構築した輝自身でさえ、思わず「なんだよ、これ！　無理なんですけど!!」と心の中で文句をたれたほどだ。

こういった基礎練習の積み重ねは成果が目に見えづらい。

二年生はともかく、一年生は体より心がついてこなかったのかもしれない。

秋も深まった頃、一年全員で、輝たちが昼食をとっているテーブルに意見を言いに来た。

そんな下級生に榊くんが言った。

「お前らな、そんなに成果が知りたかったら、ちょうどいい。来週の体育祭の部活対抗リレー、しっかり見とけ」

　そして体育祭当日。

　秋晴れの青空の下、バドミントン部は、翌日学校新聞の号外が配られるほどの圧巻のレースを見せた。

　一人百メートルずつ四人でバトンをつなぐ部活対抗リレー。

　毎年、優勝は陸上部。次に野球部、サッカー部、バスケットボール部のどれかが続くのがそれまでのあたり前だった。

　ちなみに、バド部は毎年このリレーに参加しているが、昨年は四位だった。

　そしてこの年、バドミントン部は、水嶋、榊、松田、そして輝でバトンをつないだ。

　アンカーを任せたいと願った水嶋くんを先頭に配したのは、本人の強い意志だ。

「絶対に、一位で帰ってくるから、そのリードをみんなで保って欲しい。……それに、アンカーは輝が務めるべきだ。それが部長だろ？」

　そう言われれば、輝は頷くしかない。

　正式に部長に就任した日、輝は仲間に宣言したのだから。

「ここから一年、みんなは、『勇往邁進』、自分のできる精一杯をやってください。結果はどうあれ、すべての責任は、部長の僕にあります」

「まったく頼もしいな」と肩を叩いてくれたのは榊くん。

「それって、俺が赤点とっても輝のせいっていうこと？」と言って、「なわけないだろう」と太一くんに頭をはたかれていたのは陽次くん。

松田くんは黙って頷き、水嶋くんは……。

あの時、水嶋くんは確かこう言ったはずだ。

「信頼しているよ」

その言葉に、今こそ応える時だと、輝は拳を握りしめた。

それから、念のために四人でバトンパスを何度も練習したことは、後輩たちには内緒だけど。

水嶋くんは有言実行、陸上部を抜いて一位に躍り出て、余裕を持ってバトンを榊くんに渡した。榊くんはつめられたが、なんとかリードを保ったまま松田くんに。

松田くんは陸上部に抜かれたけれど差は大きくなかった。クールな表情はいつも通りだが、顔を上気させ力を振り絞るように、輝に向かって走ってきてくれた。

ここで、繰り返し練習したバトンパスの成果が出た。輝の手にバトンは抜群のタイミングで渡ってきた。

輝は、無心で走った。

アンカーは、各部のエースが揃っていた。けれど、そんなことは関係ない。

輝の仕事は、みんながつないだこのバトンをゴールに運ぶこと。

信頼に応えること。

勇往邁進！　勇往邁進！　勇往邁進‼

心の中でそれだけを繰り返し、輝は走り抜いた。

そして、輝は最後、陸上部のエースと並んで笑顔でゴールテープを切った。

沸き起こる拍手の中で、一番熱心に拍手をしながら、何度もバンザイをしていたのは、ツインズに扇動されたバドミントン部の一年生だった。


その日から、練習メニューに文句を言う者はいなくなった。

遊佐さんや横川さんがメンバーだった時でさえ、バドミントン部はリレーで優勝どころか三位に入ることさえできなかったのだから。

やればできる、なんて夢物語だ。

やってもできないことなんて、たくさんある。

そんなことは、輝だけじゃなく仲間はみんな身に染みてわかっていた。

でも、やらなければできない。

それだけは事実。

だからこそ、輝はメニューを練りに練って作っている。

これなら、やった分の八割が報われる塩梅《あんばい》を考えて。達成感こそが、次のモチベーションになると信じて。

チームは、ゆっくりと、しかし確実に力をつけていった。

選抜大会に向けてのランキング戦では、一年生も上位に食い込んできた。

ダブルスでも、ツインズ、水嶋・榊ペアに続き、いいペアが出来上がってきた。

選手層が厚くなれば、予選をスムーズに戦略的に戦える。

なぜか、遊佐さんがシングルスの、遊佐・横川ペアがダブルスのランキング戦に参加してきたせいで、どちらも一位は引退したはずの先輩たちになり、初の一位を狙っていた水嶋くん、松田くん、ツインズがどんよりとしていた。

特に、接戦にも持ち込めなかったツインズの落ち込みはひどく、海老原先生の眉間のしわが深くなった。

「お前ら、まだまだだな」

そう言って笑った遊佐さんたちのドヤ顔が、彼らのモチベーションアップにつながればいいけれど、と輝はノートの欄外に書き込んだ。

遊佐さんたちの卒業式では、初の全国制覇を成し遂げたことが評価され、バドミントン部の三年生は全員表彰され、前部長の横川さんが、卒業生を代表して答辞を読んだ。

それを聞きながら、遊佐さんが涙ぐんでいたことに気づいたのは、在校生で出席していた者たちの中でも、おそらく輝だけだっただろう。

体育館を出てきた時には、涙の跡もなく、遊佐さんは俺様モード全開だった。

「ありがとうございました」

グラウンドで待ち構えていた後輩は、揃って卒業生に頭を下げた。

遊佐さん、横川さんにはもちろん感謝している。

彼らなくして、頂点に立つことはできなかった。

だけど、二人だけじゃない。他の先輩たちの力も大きかった。

公式戦に出るチャンスは少なくても、熱心に練習に参加し、後輩を鼓舞し、試合では懸命に応援してくれた。

その姿を、忘れることはない。

頂点を目指し、頂点に立った。

だけど、それで終わりじゃない。

次の頂点を目指し、また上り続ける。その力と心意気をくれたのは、すべての先輩たちだった。

「みんな、頼んだぞ。……横浜湊バドミントン部を」

横川さんの言葉に答えたのは、榊くんだった。

「任せてください。もう一度、俺たちは、きっと頂点の景色を先輩たちに見せますよ」

駅に続く道をゆっくり歩いていく先輩たちの背中を、輝たちは、ずっとずっと見えなくなるまで見送った。


輝のノートも冊数が増えていき、部室でそれを読み漁る一年生も見かけられるようになった。特に、春日《かすが》くんは熱心で、よく考えてプレーするようになったおかげか、一年生の中では、安定した力を見せるようになった。

選抜では、彼だけじゃなく中学の時から有名だった桝田《ますだ》くんや他の一年生のメンバーも、ランキング戦の上位に食い込んだ者は試してみたいと、輝は海老原先生に進言していた。

ただ、結果として、下級生に出番はなかった。

とにかく、どの試合も薄氷を踏むが如《ごと》し、の展開でまったく余裕がなかったからだ。

なんとか優勝できたのは、ライバル校の出場辞退や三年生が抜けたことでの戦力低下、海老原先生のオーダーの妙、水嶋くんの驚異的な体力のおかげだろう。

大会の終わりに、輝が大きくノートに記したのは、次の三つだ。

一つ、陽次くんがケガをしないよう、トレーニングを見直す。

二つ、選抜大会ではめずらしく調子が安定しなかった松田くんの、主にメンタルの調整。

三つ、このレベルでも戦力になれる実力を下級生につけてもらうこと。

第七章　連覇の厳しさ

新しい春が来た。

輝にとって、横浜湊で迎える三度目の春。

遊佐さんという不世出のエースを失い、横川さんというチームの精神的主柱もいない。

その中で、輝たち新三年生は、入部してきた新入部員も含め、後輩たちを、再び頂点へ導いていかなければならない。

選抜大会での不甲斐なさを省みて、先の見えない道に不安がなかったわけではない。

けれど、まさか、ここまで苦しい道が、横浜湊を待っているとは輝も想像していなかった。

最初の試練は、スカウトでずっと練習に来ていたダブルスの二人が、他県の強豪校に入学を決めてしまったこと。

そして、入学直後にもう一人が、通学途中での大ケガで半年の休部を余儀なくされたこと。

下から追い上げてくる者が少ないせいか、リレー以来、地味で辛い基礎練習に文句も言わず励んでいた二年生の士気が下がった。

そんな中、チームのモチベーションを先頭に立って支え続けたのは、水嶋くんと榊くんだった。

黙々と、時に大きな声を上げ、彼らはチームの前を走り続けた。

その姿は、輝たちが入部した当時、いつも先頭で基礎練習を引っ張っていた遊佐さん、横川さんの姿を彷彿《ほうふつ》させた。

輝は、そんな彼らを支えるために、まず部室に貼ってあった「目指せ！　インターハイ優勝!!」の少し黄ばんだポスターを書き直した。

心機一転、新しく、優勝の文字を大きくして、輝が、小浦先生の下で書き直し額に入れて飾った。

時おり、部員たちがそれぞれ見つめている。何を思ってなのか、どんな気持ちなのかはわからないが。

少しは役に立っていると思いたい。


次の試練は、榊くんと水嶋くんの気持ちのすれ違いだった。

榊くんが、インターハイが終わったら引退し、競技者としてバドミントンを続けるのも最後の夏のインターハイまで、と水嶋くんに告げたことが原因だった。

榊くんはまっすぐな性格だ。

ダブルスのみならずあらゆる場面で相棒ともいえる水嶋くんに、ウソをついたりごまかしたりするのが嫌だったのだろう。

インターハイが終われば、三年生はそれぞれの進路と本格的に向き合う。

けれど、その時急に、というわけにはいかない。

二年の後半から、それぞれが先生たちに要望や意見を言って相談していた。


松田くんは、難関大学への進学を希望していたので、インターハイが終わったら勉強に専念すると早くから宣言していた。

残念だが、彼の希望の進路から考えればやむを得ない選択だ。

松田くんは、進学コースでとても優秀な成績を修めているので、夏からのスパートでも、うまくいけば推薦枠がもらえるかもしれない。

「勉強、僕が言うのもおこがましいですが、できる範囲でお手伝いしますよ」

「ありがとう。だけど焦るつもりはないんだ。推薦も受験もうまくいかなくても、一年くらいなら浪人生活も悪くないと思ってる。バドしかやってこなかったけど、まあおかげで、体力とか忍耐力はある方だし、なんとかなるだろう」

「大学ではバドミントンを続けないんですか？」

「ああ。もう十分やってきたし。……それに俺はもう、バドに頼らなくても、色々大丈夫になったから」

「そうですか」

そんな松田くんと輝の会話を仲間たちも聞いていたが、さほど動揺はしなかった。

入部当初から、松田くんは内面はどうあれ、いつもそんなスタンスだったし、……それにみんな心の中で思っていたからだろう。

そんなこと言っていても、松田くんは、いつかきっとまたコートに戻ってくるだろうと。


ツインズは、遊佐・横川ペアと同じ青翔《せいしょう》大学へのスポーツ推薦を希望していた。そのためにはなんとしてもインターハイでの二冠が必要だと言っている。

「俺たちのためにも、みんな、団体二連覇頼んだぞ！」

陽次くんの言葉に、後輩たちは「はい！」と頷くが、松田くんは眉根を寄せた。

「まず、練習で水嶋・榊にゲームとられるの、なんとかしないとな。個人戦も危ういぞ」

輝も、ウンウンと頷く。

水嶋・榊ペアの実力がグングンと上がってきたのは喜ばしい。

しかし、ここ最近、ツインズは停滞気味だ。

遊佐・横川ペアという絶対王者と打てなくなったことが、モチベーションを下げているのかもしれない。

勝てない相手、しがみついてでも勝ちたいと思える相手、そういう相手が同じチームにい続けてくれた幸運を、ツインズは今切実に感じているはずだ。

ここからは、誰の胸も借りられない。

見えない敵と、自分たち自身と、戦い続けるしかない。

そして、水嶋くん。

バドミントンの強豪校への進学を考えているようだが、社会人チームへ進むことも選択肢にあるようだ。

水嶋くんなら、社会人チームで育ててもらえば、より早く世界への扉をこじ開けていくと思うが、ご両親は、どうしても選手としてダメになった時のことを心配されるようだ。

遊佐さんが大学進学を選んだ影響も大きいかもしれない。あの遊佐さんでさえ大学進学を選んだと何度も言われているらしい。

しかし、遊佐さんが青翔大学を選んだのは学歴や将来の保証のためではない。

教師志望の横川さんといっしょに、ダブルスで日本一になる未来を強く願っているからだろう、と輝は思っている。

輝も受験組だ。

入学当時は、兄の影響もあり留学も視野に入れていたが、今はもう少し、日本で仲間の未来を見ていたいと思っている。

そんな中、榊くんだけが進路を口にしないことは不自然だ。

水嶋くんは、できれば榊くんと同じ場所に行きたいと思っているのだから、よけいに。

それは、いつものように、仲間と食堂で昼食をとっていた時だった。

「俺、調理の専門学校に行って、その後は親父の紹介で何年かよそで修業させてもらって、そんで店を継ぐつもりだ。だから、バドは、インハイが終わったら趣味にする」

そう言った榊くんをしばらくポカンと見た後、水嶋くんは食べようとしていたカツ丼を、ごめんと言って輝に預け、席を立って行ってしまった。

その場にいると、言ってはいけないことを言ってしまいそうだったから、と後で水嶋くんは輝に言った。

「何も今言わなくても、インハイ終わってから言えばいいじゃん」

陽次くんが、水嶋くんのカツ丼からカツをつまんで言う。

「そうだよ。せめて昼ご飯食べ終わってからでも」

太一くんも、カツをつまんだ。

「食べ終わってからにするべきだったかな」

榊くんは頭をかく。

「……進路の話は、これまでも何度かしたんだ。水嶋に、同じ大学に進みたい、もし社会人チームがいいならそれも考えてみるって言われてさ。俺はずっと考えさせてくれ、って答えてた。どこの専門学校に行くのか、修業先はどこか、そんなことはとっくに決まってるのに」

「まあ、タイミングとしては正解だったと思うよ。今でギリギリだろ。来月から予選が目白押しなんだ。……それまでにメンタルを立て直す時間が、今ならある」

松田くんが言う。

「けどさ、間に合わなかったらヤバいじゃん。あいつのシングルスと榊とのダブルス、どっちもダメになったら、俺たち、インハイ出場も危ない」

陽次くんが、またカツをつまむ。

「大丈夫だ。……あいつは、こんなことで沈んだままでいる奴じゃない」

「けど、あの水嶋が、カツ丼一口も食べずに行っちゃったんだけど」

「大丈夫だよ。カレーは完食してるから」

陽次くんが言うと、太一くんが笑った。

——水嶋くんにしては少食かもしれませんが、ふつうの胃袋なら十分夜までもつ量ですからね。……けれど、このカツ丼はどうしたらいいんでしょうか？

輝が心配そうに顔を向けると、察した陽次くんが、もう一切れカツをつまんだ後、「これは、榊が責任とってよね」と言って、どんぶりを榊くんに差し出した。

カツはあと一切れだけだが、ご飯はほぼ残っている。

自分で握ったというおにぎりを食べていた榊くんは、黙って頷き、黙々と今やたまご丼となった、元カツ丼を食べ出した。

「榊はさ、なんで専門学校に行くの？　お店を継ぎたいっていう気持ちはわかるけど、それって、もう少しバドやってからじゃダメなの？」

太一くんが訊いた。

「だよね。もったいないよね。榊なら、大学でも社会人チームでも活躍できるでしょ?」

陽次くんも同じように顔を傾け訊く。

「お前らにはわかんないかもしれんけど、俺と、水嶋やお前らの間には大きくて深い溝があるんだ。どんなに努力しても、俺にそれを超えることはできない。……ここに来て、お前たちといっしょに頑張った今だから、よけいにそう思うんだ」

ツインズは揃って、反対側に首を傾ける。

「今は、インターハイ団体戦優勝という目標があるから頑張れるけど、それが終わったら、俺には何もなくなる。その先の夢や希望が、もうコートに見いだせないんだ。それならできるだけ早く、夢や希望のある場所に行きたい」

「それが料理っていうこと?」

「ああ。……店を継ぐっていうのは親の希望でも、俺の義務感でもないんだ。……俺は、うまいものを作って、いろんな人にうまい! って笑顔になってもらうことが好きなんだ」

「そっか」

太一くんが頷く。

「なら、仕方ないのかな。……嫌だけど」

「なんで嫌なんだ」

口を尖《とが》らす陽次くんに、松田くんが訊く。

「俺、榊のバドに何度も励まされたから。バドだけじゃない。落ち込んでる時、太一には素直になれない時とか、いっつも榊に助けてもらった」

「ああ。……そういや俺も」

松田くんが榊くんを見る。

――榊くんに支えられた部員は多いですからね。上級生や下級生も含めて。

だから輝も、そうだ、と榊くんに向かって大きく頷く。

「だよね。だから水嶋が心配なんだ。水嶋の榊への依存度、俺たちの比じゃないから」

太一くんが言う。

「よく話し合ってくださいね。水嶋くんと。……水嶋くんは無口だけど、聞く耳は人一倍持っているし、考える力もあります。お互いに納得するまで、とにかく言葉を惜しまずお願いします」

「できる限りやってみる。あいつのあの反応はわかっていたことだ。俺が思っていた以上だったけど、……カツ丼食わないなんてな」

そう言った榊くんの笑顔につられ、みんなが笑った。

それからは、輝たちは彼らを見守るだけの日々だった。

榊くんなら。

水嶋くんなら。

絶対に、二人でよりよい道を選ぶと信じて。

そして、その信頼に応えるように二人は、より強固な絆を結んだようだ。

二人の間にどんな言葉が交わされたのかはわからない。この先も輝たちが知ることはないかもしれない。

でも、これだけはわかっている。

あの時から、二人の絆はより強くなり、榊くんが競技者を卒業してからもずっと続いていくのだと。


次のトラブルが陽次くんのケガ。

陽次くんは、個人戦の決勝で右の足首をねん挫し、二週間、まともに練習ができなかった。

もっとも、彼は、一日も休まず練習を見学し、後輩の指導や、痛めた足を使わずにすむ基礎錬は続けていた。

陽次くんがケガから復帰するまで、インターハイの団体予選の序盤は、太一くんと二年の桝田くんがダブルスを組み、第二ダブルスに回ることでなんとか凌《しの》いだ。

桝田くんは、中学時代はシングルスの選手として有名だったが、横浜湊に来てからは、守備力の高い春日くんと組み、ダブルスでも頭角を現してきた。

春日くんもまた、桝田くんと組むことで攻撃力が増し、二人は、シングルス・ダブルス両方でランキング戦でも上位に入ってきている。

　太一くんの試合勘が鈍ると困るので、二人をそのまま使うことはせず、桝田くんを太一くんのパートナーに、と輝は海老原先生に進言した。

「陽次くんが戻れるとしたら、地区を抜けて県大会に行ってからだと思います。それまで、最悪、三勝をシングルスでとることも考えないといけませんよね。水嶋くんと松田くんは間違いないでしょう。もう一勝を託すのなら、安定感のある春日くんだと思います。桝田くんは、今はまだムラがありすぎる。けれど、ダブルスなら、太一くんがうまくコントロールしてくれるはずです。……そういうことに慣れてますからね」

　波のある陽次くんを、ずっとうまくリードしてきた太一くんなら、きっと。

　先生は少し考えた後で、輝の案を受け入れてくれた。

「君が太一くんといっしょに一勝を持ってくれれば、春日くんの出番はありませんよ」

　直近のシングルスのランキング戦で春日くんに勝っていた桝田くんは、ダブルスに指名されたことに少し不満そうだったが、輝がこう言うと笑顔で頷いた。

　地区予選では、その通りになった。

　水嶋・榊ペアはもちろん、太一・桝田ペアも、何度か一ゲームを落としたが、負けることはなく勝ち抜いてくれた。

　松田くんのシングルスは絶対の安定感があり、横浜湊は、無傷で県予選に進んだ。

個人戦は、シングルス、ダブルスともに二枠を横浜湊が独占し、ここまでは最高の結果が出せた。

陽次くんが復帰したことで、県予選もベスト8までは順調だった。

春日・桝田ペアのダブルスを試してみたり、それぞれを第一シングルスに起用したりする余裕があったほどだ。

復帰した陽次くんの溌剌としたプレーを見ながら、「やはり確実な一勝はありがたい」と、ベンチで、輝も海老原先生と笑顔で頷き合ったほどだ。

インターハイ県予選、団体戦決勝の相手は、ライバル法城高校。

ここまで、法城高校は、レギュラー陣をある程度温存して勝ち上がってきた。

しかし、横浜湊は、準決勝で強豪川崎《かわさき》照葉《しょうよう》高校と対戦したため、ベストメンバーで戦った。

ダブルスを二つとった後、第一シングルスの松田くんが、ゲーム中に左足を痛めた。

決勝戦のことも考え、大事をとって棄権した時はヒヤッとしたが、第二シングルスの水嶋くんが、ファイナルにもつれ込みながらもなんとか勝ってくれて、輝は大きな安堵《あんど》のため息をついた。

決勝戦は、第二ダブルスに二年生のペアを入れ、第一シングルスは水嶋くんが出た。

第二シングルスに榊くん、第三シングルスは松田くん。しっかりテーピングはしたが、松田くんまで回さず、榊くんで決めてしまいたいところだ。

ツインズは、相手のエースペアに快勝した。

「俺たちって捨てダブですよね」などと拗《す》ねていた桝田くんと春日くんだったが、なんとファイナルゲームまで粘り、最後は25－23で勝利を手にした。

これは横浜湊にとって嬉しい誤算だった。

敗れた法城高校の第二ダブルスのペアは、茫然《ぼうぜん》自失、しばらくコートで蹲り立つことができなかった。

気持ちはよくわかった。

どれほど接戦でも、どんなに頑張っても、勝たなければ意味がない、そんな試合がある。

法城高校にとって、今のダブルスがそれだった。

第一シングルスの水嶋くんは、ストレートで勝利を手にし、横浜湊は、無事、団体でのインターハイ出場を決めた。

「なんだよ。俺が華麗にインハイを決めようと思ってたのにさ」

榊くんが、言いながら、ジャイアントキリングを成し遂げた桝田くんと春日くんの肩を何度も叩き、もうあっち行ってください、とうんざりされていた。

喜びもつかの間。次にまたまた試練がやってきた。それも同時に二つ。

一つは、ちょうどその頃、水嶋くんが体調を崩したことだ。

水嶋くんはケガらしいケガはしたことがないが、しばしば体調を崩す。それも大事な試合の前に。

しかし、今回に限っては、あまり責めることはできない。

ウイルス性の腸炎だったらしいが、精神的なストレスもあったのでは、と輝は思っている。

それほどチームは、様々な方向からプレッシャーを受け続けていた。

インターハイ連覇は、もちろんチームの一番の目標だ。

しかし、周囲からその期待を受け続けるのは、正直面倒で辛い。

遊佐さんのシングルス、遊佐・横川ペアのダブルス。確実な二勝を失ったチームを新しいチームに構築し直すのは本当に大変なことだ。

周りに言われるまでもなく、チームが一番よくわかっていた。

みんな懸命に努力は続けていた。

次も頼むよ、と言われるたびに、笑顔で頑張ります、と応えてきた。

中でも、周囲から一番期待されているのがエースである水嶋くんだった。

遊佐さんは、幼い頃からこういったプレッシャーを受け続けていたので、慣れもあったのだろう。でも、水嶋くんは中学時代は無名の選手で、頭角を現し名を知られるようになったのは、去年のインターハイ。戸惑いも大きかったと思う。

性格もあるだろう。

元々、目立つことが得意ではないし、寡黙でもある。

精神的にまいっていたところに、体が悲鳴を上げたのかもしれない。


そんな中、関東大会が開催された。

直前まで、病み上がりで練習どころか食事さえちゃんととれなかった水嶋くんは、かける言葉がないほどやつれていて、海老原先生は水嶋くんに出場を見送るように言った。

しかし、水嶋くんは首を縦に振らなかった。

その上、止められることを予想して、参加に問題はない、という医師の診断書まで持参してきた。

そうなると、みんな頷くしかない。

そんな状態の水嶋くんでも、チームに戦力になる代わりがいないということも事実。

「こちらの判断で、棄権することを了承するのなら」

海老原先生の言葉にしぶしぶ頷いた水嶋くんに、それでもチームは頼るしかなかった。


関東大会は、インターハイとは違い二複一単で戦う。

ここにきて、ようやくツインズの一勝は読めるようになった。

もし、水嶋くんが万全で出られるのなら、シングルスの一勝も読める。

これだけで、決勝まではほぼ無傷で行けるはずだった。

けれど、今の状況ではそれは望むべくもない。

あと一勝をどうとればいいのか。

水嶋・榊のペアで一勝、あるいは、水嶋くんか松田くんのシングルスで一勝か。

選択肢はあまりなく、二回戦ですでに、相手はかなりの強豪になる。

そうなると、万全ならあった余裕が少なくなる。

初戦以外は、下級生のペアを試したり、シングルスに春日くんや桝田くんを出してあげたり、……そういうことができない。


問題はもう一つ。

もし、水嶋くんが、決勝に行くまでにシングルスでどこかに負けたら、昨年のインターハイ個人戦決勝で遊佐さんと死闘を繰り広げた意味が半分なくなる。

やはり今年の横浜湊はダメだ、水嶋では遊佐の代わりになれない。そんなイメージが定着してしまう。

侮ってもらい油断させるのではなく、それが相手の自信になってしまう可能性が大きくなる。

「シングルスは松田くん一択でしょうか？」

輝は海老原先生に尋ねた。

「いや、水嶋くんのシングルスも考えた方がいいでしょう。たとえ負けても、出ないよりは失うものが少ないと思いますよ」

　試合に出ることでしか得られない試合勘は、とても大切なものだ。これを失うわけにはいかない、ということだろう。

「では、どこで？」

「準々決勝でしょうかね」

「無謀ではないでしょうか？　ダブにツインズが出ても、水嶋くんが負けたら挽回するダブルスがうちにはいないんですよ。春日くんと桝田くんではまだ……」

　――榊くんも、水嶋くん以外とはまともにダブルスができない。松田くんにいたってはもはや考えることさえできない。

「そうですね。でも上がってくるのがここなら、水嶋くんにはいい経験になるはずです。インターハイへの」

　輝は、海老原先生の視線の先を見る。

「なるほど」

　関東大会は、インターハイと違って、一県から数校出場してくる。しかも、一県一校でなければ、おそらく、全国でもベスト8に入ってくるようなチームが存在する。それが、先生の視線の先の河原崎《かわらざき》高校。

　選手たちの実力は高く、特にシングルスの選手は全国レベルだ。

　確かに、ここが相手なら、体調が万全でない時の凌ぎ方を、水嶋くんというより、チームが学べるだろう。

負けた時のダメージも、インターハイで負けるよりは、わずかに少ない。

「では、それまでは、水嶋・榊ペアのダブルスを一ダブで使いますか？　ツインズの一勝を確かなものにするためにも」

「いや交互に使いましょう。東山くんたちにも、高いレベルでの覚悟をしてもらいたいですから。……それに試合勘というのは侮れないものですからね。序盤で出番がないのも困ります」

それもそうか。もし、水嶋・榊ペアが勝ち続ければ、松田くんが序盤でシングルスを落とすのは考えにくいので、ツインズの出場を待たずに勝利が決まってしまうことになる。

輝は頷く。

「……少しでも積み上げていかないと、いきなり強敵では、彼らもやりづらいでしょう」

思っていたより、序盤は、問題がなかった。

ツインズは安定して一勝をもぎ取ったし、松田くんも、ファイナルにもつれ込んだのは一試合だけ。

意外にも、水嶋・榊ペアも何度かファイナルにはもつれ込んだが負けることはなかった。

幽鬼のような水嶋くんの表情と、水嶋くんの戻っていない体力をカバーするためにコートを前後左右に走った榊くんの鬼気迫る様子が、相手を威圧したからかもしれない。

そして迎えたまずは、準々決勝。

海老原先生に、シングルスでの出場を言い渡された水嶋くんは、静かに頷いた。

「先生、俺を使ってください」

松田くんはそう言ったけれど、海老原先生は首を縦に振らなかった。

「体力を温存し、次の準決勝、決勝に備えてください」

そう言われれば、松田くんは引き下がるしかない。

準決勝、決勝のシングルスは君に任せた、と言われたのだから。

準々決勝。

水嶋くんは、ファーストゲームを15－21でとられたが、セカンドゲームを23－21でとり返し、ファイナルゲームにもつれ込んだ。

けれど、水嶋くんは落ち着いていた。

インターバルから畳み込むような攻撃力を見せ、最後は10点の差をつけ、勝利をもぎ取った。

輝は、そのゲームを驚きの目で見つめた。

おそらく、体調不良のままの連戦で、疲れはピークに達していたはずだ。

それなのに、水嶋くんは、時間を追うごとに粘り強く、そのショットには閃きが宿るようになってきた。

――ここで、クロス！　しかもあの弾道で。

相手は、不意をつかれ、一歩も動けないままラインギリギリに突き刺さったシャトルにぽかんと口を開けていた。

次のラリーを制したショットも凄かった。

——これはもう、勝利確定ですね。相手の気持ちが挫けてしまった。……なんという芸術的なヘアピン。まるで遊佐さんのような。

輝がノートにメモを書きながら頭を振っているように、対戦相手も首を横に振っていた。あり得ない、なんで、今ここで、こんなショットを。などと思っていたのかもしれない。

準決勝の相手も東京の強豪校。

けれど、ツインズと、松田くんがしっかり二勝をもたらし、横浜湊は決勝に進んだ。

相手は、インターハイでもおそらく決勝で当たる、埼玉ふたば学園。

横浜湊と同じく、昨夏のインターハイでの主力選手は卒業しているが、もともとその選手層はうちの比ではない。

すでに、しっかりとチームが出来上がっているようで、決勝までは、主力を使わずに勝ち進んできていた。

第一ダブルス、ツインズ。

シングルス、松田。

第二ダブルス　水嶋・榊。

横浜湊のオーダーはこれ以上工夫のしようもなく、相手もそれをわかっていて、第二ダブルスにエースダブルスを当ててきた。
ツインズは当然のように勝ち星を挙げた。
シングルスの松田くん。
第一ゲームをとり、第二ゲームをとられ、ファイナルゲーム。
体力勝負になった感はあった。
最後の最後で踏ん張れず、これで一勝一敗。
勝負は、水嶋・榊ペアに委ねられた。
相手は、埼玉ふたば学園のエースペア、太田《おおた》・飯田《いいだ》ペア。
二人とも、個人戦シングルスでもインターハイ出場を決めている、単複の要だ。
容赦のない攻撃が、水嶋くんに浴びせられた。
相手も、今大会の水嶋くんが体調不良で、調整不足なことはわかっていた。
ダブルスでは、弱い方が狙われやすい。
セオリー通りの試合展開になった。
榊くんが、何度も必死でカバーに走り、気合の声を上げていた。
けれど、防戦一方の試合で、勝機をつかむのはほぼ不可能だ。
健闘むなしく第二ダブルスも落とし、横浜湊は、関東大会、準優勝に終わった。
どんな言い訳もなかった。
水嶋くんの体調不良も、それをカバーできないチームも、力不足だったということだ。

どれほど努力を重ねてきても、結果がそうなれば、足りなかったとしか言えない。

それだけでもチームとしては大きなマイナスだったが、関東大会の初日から、マネージャー櫻井花さんの様子がおかしくなったことも、チームに少なくないダメージを与えた。

水嶋くんの体調を心配しすぎてのことかと思ったが、どうもそうではないようだ。

櫻井さんの異変にいち早く気づいたのは、同じように縁の下の力持ちとしてチームを支えている輝だった。

いつもならきちんと準備してあるものがない。声をかけても返事がない。返事をしても的はずれ。こんなに弱っている水嶋くんへのケアもなおざり。

あきらかに異常だった。

そうなると、輝の仕事は倍増する。日頃、どれだけ櫻井さんに助けられているかがわかり、それはよかったのだが。

「どうかしたんですか？」

関東大会から戻った翌日、輝は思い切って櫻井さんを食堂に呼び出し、二人で話をした。

「……ごめんなさい。私、迷惑をかけてるね」

櫻井さんは、顔を伏せ、やがて静かに、声を立てずに泣き出した。

「いや、そういうことではなく。……泣かせるつもりはなく、ただ心配で。僕にできることがあるのならと思って。……櫻井さんがいつも通りでいてくれるだけで、みんなの士気が上がりますから」

輝は、おたおたしながらそう言い、ポケットにあったハンカチを差し出した。

「落ち着いたら、お話しできますか？　それとも日を改めましょうか？」

話し合いをしないわけにはいかない。

このまま櫻井さんが不調だと、本当にチームはダメになる。

櫻井さんは涙を拭《ぬぐ》ってから、顔を上げた。

「私、中学の時バド部で……」

どうやら、話をしてくれるようだ。輝はホッとする。

「ダブルスの選手だったの」

バドミントンの経験者だとは知っていたが、具体的に、彼女がどんなプレーヤーだったのか、輝は知らなかった。

「その時のパートナーの卯里有紗《うさとありさ》に、関東大会の会場でバッタリ会って」

なるほど。

どうやら、櫻井さんの不調は、中学時代のダブルスのパートナーに出会ったことが原因だったらしい。

ゆっくりと、櫻井さんのペースで話を聞いていく。

「私、これでも中学時代は結構強い選手だったの」

「はい」

「でも、大きなケガで競技ができなくなって、……未練を断つためにも女子のバドミントン部のない横浜湊高校を選んだ」

「なるほど」

「でも、やっぱりバドへの未練は残っていたんだと思う。……偶然目にした水嶋くんのプレーに惹かれ、自分の中に無理やり閉じ込めていたバドミントンへの情熱が一気に噴き出して」

「それで、男子バドミントン部のマネージャーになってくれたんですね」

櫻井さんは、経験者であり、バドミントンへの想いが人一倍強く、勉強熱心で、初心者の輝も、彼女に教えてもらうことが多かった。

男所帯のバドミントン部に容姿の可憐《かれん》な櫻井さんの存在はマイナスになるのでは、と海老原先生には危惧《きぐ》もあったようだが、次第に誰もが彼女のバドミントンへの想いに共感し、マネージャーとして彼女を頼るようになってきた。

それに、櫻井さんが水嶋くんに好意を持っていること、それを胸に秘めながら誰にでも平等に接しようと心がけていることは、みんなわかっていた。

二人をそっと見守ることも、部員全員の共通認識だった。

そんなバドミントンへの熱い想いがある櫻井さんが、かつてのパートナーに偶然出会っただけで、こうも様子がおかしくなるだろうか。

「もしかして、ケガというのは、そのパートナーとのプレー中だったのですか？」

櫻井さんはしばらく黙ったままだった。

「……これに勝てば県のベスト8、大事な試合だった。でも、私たちは連戦でかなり疲れていて。……特にパートナーの有紗は、少し前に肘部管《ちゅうぶかん》症候群が治ったばかりで、私がカバーしないとって焦りもあったの」

「はい」

それはよくわかる。

ダブルスのパートナーとはそういうものだ。

どちらかが弱っていれば、いつも以上にカバーする。

「でも、それは有紗のためじゃなく、自分がベスト8に入りたいっていう欲のためだった」

「肘部管症候群といえば、尺骨《しゃっこつ》神経が圧迫されて起こる、小指と薬指の一部がしびれる、とかでしたっけ？」

「内田くんは、なんでも知ってるのね」

櫻井さんが微笑む。

「私なんか、最初、肘部管をなんて読むのかもわからなくて、有紗に笑われて。それから、ネットでそれを調べたのに」

「僕も、同じですよ。バドミントンをやる人に起こる症状は、一通り、ネットや本で学んで知っているだけです」

「それを目の当たりにする前にちゃんと調べておくのが、内田くんなんだよ」

「僕は、高校に入って初めてラケットを握りましたから。全国制覇を目標に掲げるチームに、バドでは力にはなれません。他の僕にできることで力になりたいんです」

「……そんなふうに、周りのことを考えられたら、私もあんなことにはならなかったのかな。……あれは、信じて、有紗に任せる球だったと、今ならわかる」

「信じられなかった？　どうしてですか？」

「……カバーしなきゃという想いより、有紗がとれなかったら私が困る、これ以上のミスは取り返しがつかないって想いの方が強かったの」

輝は、黙って、櫻井さんを見ていた。

今は、言葉を挟む時じゃない、と思ったから。

櫻井さんの中で重いしこりになっている想いを、今ここでできるだけ吐き出させてあげたかった。

「有紗のとるべき球を私がとりに行ったせいで、私たちは激しくぶつかってしまったの。そして、疲労のせいでうまく転ぶこともできなかった私は、アキレス腱を切ってしまった」

輝は、頷く。

アキレス腱断裂と聞いて、その痛みを思い眉根を寄せながら。

「あの時の痛みを、私は忘れることはないわ。……でもね、その時の有紗の絶望に覆われた表情のことは、もっと忘れないと思う。有紗は、私のケガを自分のせいだと思ったの。それを私はわかっていた」

「……お互いにそう思っていたのでは？　どちらが悪いということではなく」

櫻井さんは頭を振った。

「私のせいなの。私が傲慢だったせいで、私はケガをした。なのに、私は次に進めなくなったことで頭がいっぱいで有紗にゴメンのひとことも言えず、そのまま病院に運ばれていった」

櫻井さんはまた涙ぐむ。

「そうなんですか。……それで、その後、卯里さんとは？」

「私はそのまま部活をやめて、ちゃんと話すこともなく疎遠になって」

それはかなり心残りだっただろう。

「もう一度、コートに立ちたくはなかったのですか？」

――アキレス腱断裂は大きなケガだが、二度とコートに立てないようなものではないはず。半年ほど、辛いリハビリを続けないといけないらしいが。

でも今、櫻井さんは、マネージャーとして重い荷物も運んでいるし、走り回っている姿もよく見かける。

ちゃんとリハビリを乗り越え、今は問題ないということだろう。

「お医者さんは、高校に行く頃にはもう一度コートに立ってバドミントンができますよ、と言っていたけれど。……怖くて戻れなかった」

「怖くて……。今も？」

櫻井さんは頷く。

「今も怖い。もう一度、アキレス腱が切れたらとか。……それ以上に、コートに立って、そのせいで誰かを傷つけるかもしれないと思うと」

「ようするに、心の問題で、コートに立てないのですね？」

「……そうね」

櫻井さんは、輝がさっき手渡したハンカチで何度も涙を拭う。

「私は心が弱いのだと思う。だって、有紗は一人になっても最後まで部活を続けて、高校でもバドを続けているということは風の噂で聞いていたから」

「関東大会で会ったのなら、とても強くなっているということですよね？」

「うん。あんな絶望にまみれた顔をしていたのに、一人で乗り越えて。……まさか、あんな強豪校に進んで、あの大会に来ているなんて思ってもいなかった」

「なるほど」

思いもよらない再会に、動揺してしまったのか。

それに櫻井さんはきっと、それ以来ずっと罪悪感を胸に抱き続けてきた。

水嶋くんのバドミントンに出合うまで。

「卯里さんとお話はできたのですか？」

「できなかった。……私、有紗と目が合った瞬間、走って逃げてしまって」

「そうですか」

それも仕方のないことだろう、と輝は思う。

ここで、サラッと、あの時はごめんなさい、などと言えるのなら、櫻井さんはこんなに長い間、重荷を背負ったままではいなかっただろう。

その方がずっと辛いのだから。

「櫻井さんは、どうしたいと思っていますか？　僕は、このままでも、想いをちゃんと伝えても、どちらでもいいと思います」

「どちらでも？　このまま逃げ続けてもいいの？　そんな私が、この横浜湊のバドミントン部のジャージを着る資格があるの？」

「もちろんありますよ」

誰にでも弱い部分はある。

あの遊佐さんでさえ、弱みはあった、少なからず。……そして弱みとは強くなるための踏み台でもある。

「僕は櫻井さんの心が弱いなんてこれっぽっちも思いませんが、もしそうだとしても問題はありません。誰でも、弱いところはあります。痛みを知り、それを口にできる櫻井さんは、もう昨日の櫻井さんより少し強くなって成長していると、僕は思います。そんな櫻井さんは、僕らの頼もしい仲間ですよ」

櫻井さんがハッとしたように顔を上げる。

「ありがとう、内田くん」

「いえ、僕は何もしてませんし」

「聞いてもらって、助かった。ずっと誰にも言えなくて……たった一人言えるとしたら有紗だったのに、それもしないまま離れてしまって」

櫻井さんは、湿ったハンカチをグッと握りしめる。

「横浜湊のバドミントン部の一員になってからも、どこかでずっと怖かった。こんな私じゃ、みんなの迷惑になる日が来るんじゃないかって。以前、水嶋くんにケガのことは話したの。でも、何が原因で今どんな想いで私がバドを見ているのかとか、そういうのは言えなかった」

「なら、もう少し踏み込んでみますか？　明日からの櫻井さんが、もっともっとバドを好きになれるように。そしていつか、どんな形でもいいのでコートに立てるように」

「えっ？」

「もちろん、無理にとは言いません。さっきも言ったように、僕はどんな選択もありだと思っています。ただ、櫻井さんと話していて感じたのは、櫻井さんは、前に踏み出したいのではということです。……チームといっしょに」

櫻井さんは、チームといっしょに、と呟いてから、ウンウンと頷いた。

そして言った。

「私、有紗に連絡してみる。会えるようなら、会いに行って、あの時の私のことをちゃんと謝ってみる。だから、怒られたり罵《ののし》られたりして、もし今よりもっと落ち込んだら、内田くん、また新しいハンカチを貸してくれる？」

「もちろんです。今度はもっとたっぷり泣いてもいいようにハンドタオルを用意しておきますから」

　輝がそう言うと、櫻井さんは、その日初めて微笑んだ。


　この時、二人でいるところを下級生たちに見られたのは不覚だった。

「輝部長、水嶋さんから略奪愛ですか？」

　桝田くんにそう言われた時は、顔が真っ赤になった。

「桝田くん、前から思っていたのですが、輝部長呼びは不本意です。部長、あるいは内田部長、内田さんのどれかでお願いします」

「いや、そこじゃないでしょ」

　――そこの方がずっと大事なことですよ。輝部長っておかしすぎるでしょう!?　太一くんと陽次くんは苗字が同じなのに、どちらも東山さん、と呼ばれているのに。

「東山さん！」

「どっち？」

「どっちでも大丈夫です」

などと、頻繁に耳にする奇妙な会話もやめて欲しいけれど。

「櫻井マネージャーとどういう関係なのかってことを訊いてるんですよ。女神をエースから部長が略奪って、これはチームの崩壊をもたらしますよ」

輝は、わざとらしくこめかみを押さえる。

「……はあ。僕と櫻井さんは、同じチームの一員、それだけですよ」

「でも、櫻井マネージャー泣いてましたよ」

「彼女にも、色々あるんですよ。僕は相談にのっていただけです」

「それって、水嶋さんがつれない、いや、天然すぎて何も伝わらないってことですか？」

「相談の内容は言えません。ただ、水嶋くんとはまったく無関係だということは言っておきます」

「それならよかった」

「よかった？」

「あんな状態の水嶋さんにこれ以上の負荷がかかったら、って心配してたんですよ、俺らは」

——ふう。君たちの会話が水嶋くんの耳に入ったらかなりの負担になりますよ。

「くだらないことばかり言ってないで、君たちは、チームの戦力になれるよう、その目をしっかり開けて見るべきものを見て、耳を澄ませて聞くべきことを聞いてください。……わかってますね。そっちで聞き耳を立てている二年と一年」

輝が、ついたての向こうに声をかけると、なぜか、榊くんの声がした。

「すまん。気になって。こいつらに罪はないんだ。……俺が真っ先にここで聞き耳を立ててたせいで」

――ヤレヤレ、ですね。

輝は肩をすくめ、大きなため息をついた。


それからすぐに櫻井さんは卯里さんに連絡をとり、練習のない日曜日に、櫻井さんはかつてのパートナー、卯里さんと会って話ができたそうだ。

櫻井さんが、輝に教えてくれた二人の会話は、危うく泣きそうになるほど素晴らしいものだった。


「あの時、花がケガをしたのは、やっぱり私のせいだと思う。それまでの私の不甲斐なさが、花を追いつめたんだよ」

卯里さんは、まず櫻井さんに頭を下げたそうだ。

「それは違うよ」

櫻井さんは、もちろんそれを否定した。

するといる、卯里さんはにっこり笑って言ったそうだ。

「でも、あれがどっちのせいだとか、そんなことはどうでもいいと今は思ってる」

「どうでもいい？」

「……いつかきっとまた花はバドに戻ってくるって信じて、それだけを支えに、私はコートで踏ん張ったの。花が戻ってきた時、胸を張って、私も頑張ったたって言えるように。……おかげで私強くなれた。大きな大会に出られるまでに成長できた」

「それは本当に凄いと思う」

「だから感謝してるよ、花。あなたとダブルスを組めたことは私の宝物だよ。花に出会わなかったら、私。こんなにバドを好きになれなかったと思う」

「有紗……」

「ありがとう、花。戻ってきてくれて」

「でも私、まだコートに立てないの」

「そんなこと関係ないよ。花がバドを好きでいてくれて、好きだって笑顔で言えるのなら。私は花がバドを応援する場所に戻ってきてくれただけで嬉しいよ。……それに横浜湊のマネージャーって、あり得ないくらい凄いことだよ。全国の覇者じゃない。そんなチームを支えているのが、私の元相棒だなんて、誇りだよ」

卯里さんの言葉を輝に伝えながら、櫻井さんはまた涙ぐんだ。

でも今度は、うつむかず、ほんのりと笑いながら。
輝は、約束通り、櫻井さんにそっとハンドタオルを差し出した。

第八章　絆

たくさんの問題と課題を抱えそれを少しだけ解決しつつ、インターハイの前哨戦《ぜんしょうせん》でもある関東大会で埼玉ふたば学園に敗れたことの意味を、輝たちは胸に刻んだ。

敗れたことは悔しく反省すべき点は多いが、これがチームの引き締めには役立った、と輝は思った。

海老原先生が「まずまずの成果でした」と輝と櫻井さんに、関東大会の後、初めての練習終わりに笑顔を向けてくれたのも、それが理由だったはずだ。

水嶋くんだけは、少しの間、精神的に落ち込んでいたが、それを復活させてくれたのは、卒業してからも折にふれ、母校を訪ねてきてくれる遊佐さんだった。

憧れの選手の登場に、後輩たちは色めき立ったが、遊佐さんといっしょに来てくれた横川さんと、すぐに、まるで自分たちの基礎練習をやりに来たように淡々とメニューをこなした。そして最後に、遊佐さんは水嶋くんのところに歩いていった。

「関東は残念だったな」

「はい。申し訳ありませんでした」

水嶋くんは、遊佐さんとその少し後ろに立っている横川さんに、深く頭を下げた。

「水嶋、負けることは悪いことばかりじゃない。けどな、今回の負けはいただけなかった。

……体調不良を責めてるわけじゃない。それも勘弁してもらいたいが、一番悪かったのは、お前が、最後までエースの矜持《きょうじ》を見せなかったことだ」

「エースの矜持……」

「勝っても負けても、シングルスでもダブルスでさえも、このチームの今のエースはお前だ。その自覚を持って、最後の1点まで戦い抜け！」

「……ハイ」

「わかってんの？　とりあえず、ハイって言っておけばいいって思ってんだろ。……俺、録画で見たけどさ、決勝、ファイナルの16－20からのラリー、お前、諦めてただろ？」

「そ、そんなことは……」

確かに最後のそのラリー、水嶋くんの足はほぼ止まっていた。体調不良に連戦の疲労が積み重なったせいだ、と輝は思っていたけれど。

「榊は諦めてなかったけどな」

「あそこからでも、逆転は可能だぞ？」

横川さんも言って、頷いている。

諦めてたのか？　俺？　水嶋くんはそんな顔だ。

どうやら自覚はなかったようだ。

「どんな時も、勝利にしがみつけ！　必死で抗《あらが》え、敗北は、エースの辞書にはない！」

「結果、負けたとしても、その抗いが、次の道を切り開くんだ、ってこいつは言ってる」

遊佐さんのわかりづらい言葉を、横川さんが解説してくれる。

「もし、そのために今できることがあれば、教えてください」

水嶋くんはまた頭を下げた。

「ふだんから、なにもかも先頭に立ってやればいいんじゃない？　ランニングも基礎錬も、ミーティングも、いつもなんでも」

横川さんが言う。

「……お前さ、なんだって途中まで二番目三番目から様子を見てるよな？　あれ、俺や横川の背中をずっと見ていて、追いつこう、追い抜こうとしてたせいかもしんないけど」

言われれば、そういうところ、水嶋くんはある。

これは僕が気づいて、言わなければいけなかったことだ、と輝は思った。

「今は、もうお前がエースなんだ。初っ端から先頭で行けよ」

水嶋くんは、その日から、確実に変わった。

遊佐さんたちの来校の翌日、練習の前に、輝はチーム全員の前でこう言った。

「インターハイでは、王者として他のチームを迎え撃つのではなく、僕たちは挑戦者だということがわかったと思います。挑戦者であり続けることが僕たち横浜湊の基本です。目標はこの先もずっと、連覇ではなく優勝です。それを心に刻みましょう」

次に水嶋くんが前に出てこう言った。

「関東大会は残念な結果に終わった。けれど、この結果をムダにはしない。インターハイでは、必ず優勝をもぎ取ろう。……俺はもう、絶対に負けない。シングルスでも、ダブルスでも」

「ちょっと、待った～！」

「待て待て待て。ダブルスは俺らに任せろ」

ツインズが叫ぶ。

「いっつも後ろで、うんうん頷いてるだけのくせに、急に前に出て、なんでそんなこと言ってんの！」

「言い直せよ。……俺はもう団体戦では負けない！　シングルスもダブルスもって」

太一くんはしかめ面で、陽次くんは腕組みしながらお怒りだ。

「いや、個人戦ダブルスでも、たとえ相手がツインズでも、俺は負けない！」

水嶋くんは宣言した。

「そこまで。……練習時間が惜しいです。水嶋くんも、東山くんたちも、いい心意気です。有言実行、お願いしますね」

輝の言葉に、下級生たちも頷く。

一秒でも早く練習したいのだろう。熱い気持ちが冷めないように。

遊佐さんに憧れ、水嶋くんやツインズに惹かれ入部してきてくれた下級生たちも、憧れとは程遠いチームの内情に一度はがっかりしたかもしれない。

でも、この関東大会での敗北を糧《かて》に、みんなの士気がいちだん上がったと輝は感じた。水嶋くんの鬼気迫るプレー、それを支える榊くんのメンタルの強さ、ツインズの勝利へのこだわり、そんなことを感じ取ってくれたのなら嬉しいと思う。

極めつけは、昨日の、遊佐さんと横川さんの来校。

言葉以上に、プレーでチームを鼓舞してくれた。

輝はふと思い出す。遊佐さんが卒業する時に、輝に言ってくれた言葉を。

「俺と横川がいなくても、お前たちなら勝ち進めるだろう。でもな、お前たちの誰か一人でも欠けたら、チームはもたない。……輝、横浜湊の優勝は奇跡なんかじゃないけど、お前たちがともに横浜湊バドミントン部に入ってきたことは、奇跡なんだ。……だから、ここからはしんどいぞ。奇跡はそう簡単に起こらないからな」

今、輝はしみじみとその言葉を思い出す。

「人生は奇跡の積み重ねだ」と言う榊くんに、「奇跡なんか信じてちゃ、前に進めない」、と言っていた遊佐さんの言葉だからよけいに、心に染みた。

僕たちは、再び奇跡を起こします！

信じて、諦めないで、最後まで戦います!!

その日に輝がノートに書いた文字の周りには、いつのまにか部員全員のサインが入ってていた。海老原先生まで、こっそり名前を書いていて、輝はそっと微笑んだ。

そのすぐ後、輝は、大学のリーグ戦の日程を菱川さんに教えてもらった。

「次の日曜日、神奈川国際《かながわこくさい》大学が会場ですね」

輝は、同じ日の午前中、同じ場所で英語の検定試験を受ける予定だった。

インターネットで、試合のタイムテーブルを見る。

「ちょうどいいですね」

試験の後、タイミングよく、遊佐さんのシングルスと、遊佐・横川ペアのダブルスの試合がある。

そこまで勝ち上がっていればだが、遊佐さんたちなら、きっと大丈夫。

「水嶋くん。日曜日、遊佐さんたちの試合、見に行きませんか？」

誘うと、水嶋くんは二つ返事でＯＫした。

「いいんですか？　練習も試合もない休みって貴重ですけど」

あまりにもあっさりＯＫされたので、心配になって念を押す。

「遊佐さんと横川さんが、新しいステージでどんな進化をしているのか、自分の目で見たいってずっと思ってたから」

「そうですか。では、ぜひ」

輝は会場の地図と試合のタイムテーブルを、その場で水嶋くんに送る。

「僕は、検定試験が終わり次第になりますから、最初の方の試合は見られません。水嶋くんは、どうしますか？」

水嶋くんは、タイムテーブルを確認し、言った。

「俺は、遊佐さんたちの試合、最初から見たいから、先に行ってるよ」

意外だった。

今までの水嶋くんなら、誘えばどこかにいっしょに行くことはあっても、先に行くという選択はなかった。いい意味でどん欲になってきたと思う。

些細《ささい》なことだが、こういう変化が、水嶋くんを少しずつ強くしていくのでは、と輝は思った。

結果として、この日の収穫は大きかった。

水嶋くんは、輝が体育館で合流するまでに、遊佐さんのシングルスも、横川さんとのダブルスも、しっかり見ていたようだ。

「どの対戦も勉強になった。特にシングルス。……遊佐さんは、相手によって、かなり戦法を変えていた。場合によっては、インターバルの前と後で、まったく違う選手のようにも見えた」

「そうなんですね」

まるで水嶋くんみたいですね、とは口にしなかったけれど。

「高校の時よりプレーがさらに大胆になっていた。閃きに頼らなくなった分、よけいに閃きが鮮やかになったっていうか。……ごめん、うまく説明できないや」

「きっと、データ収集、分析能力が上がったんでしょうね。そして、データを応用するために必要な体幹や体力も向上した。結果、ゲーム中に驚くほど進化、あるいは変化する。そういうことでしょうか。……努力を惜しまない天才、ですからね、遊佐さんは」

「……でも、ダブルスの方がより進化していたかも。まず徹底的に守る。ミスによる失点をしない。この辺りは以前と同じなんだけど、攻撃への転換の早さが半端ないんだ。それも、阿吽《あうん》の呼吸で、まるでテレパシーで会話しているように、互いの行くべき場所に移動してる。芸術的だよ」

「……そうですか」

輝が見始めたのは、準決勝から。

進化したとは感じたが。

そこまでだろうか？

ダブルスの試合の経験がほとんどない輝と違い、ダブルスのコートで悩み時に蹲り、ようやく自分たちのスタイルを見つけた水嶋くんならではの感想だろう。

だとしたら、輝が遊佐さんたちに進呈した次の対戦相手の癖や穴を記したメモは、よけいなお世話だったかもしれない。

「ただね、俺と榊のダブルスの参考になる部分は少ないと思う。……俺たちも信頼関係はあるし、互いの技量もよくわかっているけど。……でも、俺たちに阿吽はムリかな。厳しい場面になればなるほど、声をかけ合うのが基本」

「水嶋くんたちは、ただ単に声でポジショニングを確認してるわけじゃないですからね。声で互いの気合を高め合っていますから」

「そう、なのかな。うん。俺。榊の声で何度も励まされてるから。コートの中でも外からでも」

水嶋くんが少し照れたように笑う。

「同じですよ。榊くんも水嶋くんの声に励まされてますよ！」

ダブルスには、そのペアの数だけ個性があっていい、と輝は思っている。

そこに、互いへの信頼があれば。

信頼なんて必要ない。絆なんて絵空事。そう言う人もいるけれど。

でも、ある段階からそれ以上になるには、絶対、信頼は必要だと感じる。

それがないペアは、いくつも何度も出てくる壁のどこかの前で、背を向けてしまう。向けないと自分たちが崩壊してしまうから。

逆に信頼の深いペアは、壁を乗り越えた時、大きく飛躍する。

練習で、試合で、たくさんのペアを見てきた。

そして、輝が出した結論がこれだ。

「水嶋くんと榊くんのダブルスには、二人にしかできないバドミントンがありますよ。僕は、最後の坂を上り切るまで、二人のダブルスを信じてともに行きます！」

榊くんの最後の試合、それはきっと、二人のインターハイでのコートになるはず。

「訊いてもいいですか？」

「……何を？」

その目を見て、輝が何を訊きたいのか、水嶋くんはきっとわかっているんだろうなと思った。

「どうやって乗り越えたんですか？　大きなあの壁を。短い時間で」

変な話だが、輝と水嶋くんは、コートの外では、阿吽の呼吸で気持ちを分かり合えることが多い。

輝の戸惑いや悩みを、水嶋くんだけが察してくれることも多い。

だから、ついついわかった気になってしまう。

時に、答え合わせは必要だ。

自分と相手、両方のために。

「どうやって……。あの日、榊にもう競技者としてコートに立つことはないって言われた時、俺は逃げたけど。……わかってたんだ。榊が何をどう悩んで、どれだけ努力して、そして、決断をしたのか」

「はい」

「でも、もっと二人で努力すれば、諦めないでくれたら、ってどうしても思ってしまって……俺は榊に依存してた。っていうか、今もしてるから。梯子《はしご》を外されたような気分になって」

依存……ではないと思うけれど。水嶋くんは、そんなふうに感じていたのかもしれない。二人が苦しみながら生み出したダブルスの形を。

彼らのダブルスの特徴は、長いラリーだ。

ダブルスは、スピード感のあるプレーが目を引くことも多いが、彼らは、どちらかといえば、相手のスピードを殺しながらラリーを組み立てている。とにかく拾いまくり、わずかなチャンスをものにして、水嶋くんが多彩なショットで相手を翻弄する。

最後の決め手は、榊くんの力強いショットになることもあるが、たいていは、水嶋くんのトリッキーなショットだ。

これを守備的なダブルス、ととらえる人も多いだろう。

でも輝は、そうは思わない。

水嶋くんと榊くんのダブルスは、相手のメンタルを最大限に抉る、ある意味超攻撃的なダブルスだと輝は思っている。

これは、彼らが挫折を積み重ね、生み出した彼らのスタイルだ。

最初は、体力が上回っていた水嶋くんがコートを走り回り、チャンスを作り、榊くんがパワープレーで得点を決めるスタイルだったが、だんだんと今の形に変わっていった。

この形だと、榊くんの負担がかなり大きい。

なぜなら、ダブルスは弱い方が狙われるから。

長いラリーの間、相手の攻撃は、ほぼ榊くんに集中する。

遊佐・横川ペアも、横川さんが狙われがちだが、実は、横川さんは弱い方ではない。

ダブルスのコートでは、あの二人はほぼ互角だ。

横川さんを狙えば、その瞬間に、罠にはまったことになる。


「海晴亭《みはるてい》に行ったんだ。榊の両親と話をしたくて」

「榊くんのご両親は、競技経験者でしたね」

「うん。だから、きっと榊がもう少しバドを続ける方がいいって、いっしょに説得してもらえるんじゃないかって思って」

「そうだったんですか」

「……オムライス、うまいんだよね。海晴亭の」

「そうですね。他のメニューも美味しいですけど、僕もオムライスが一番好きかな」

「俺が、一口食べてうまい！　って思わず呟いたら、おじさんが笑ったんだ。……翔平もな、君にそんな顔でうまいって言ってもらいたいんだろうなって言って。……俺、それだけでもうバドのことは何も言えなくなった」

「わかっちゃったんですね？」

「ああ。榊は、自分の行く道をしっかりともう両親に納得してもらっているんだって。そんで、おじさんもおばさんもそれを応援してるんだって」

水嶋くんは、それから、その時の様子を話してくれた。

榊くんも、テーブルをはさんで、いっしょにオムライスを食べたそうだ。

「水嶋、俺はな、バドミントンをやめるわけじゃない。バドはもう俺の体の一部だから。……でも、競技者としてお前らと同じレベルのコートには立たない。立てないんだ」

そう言った榊くんの顔に、妬みや憂いは見えなかったそうだ。

「俺は、お前のバドと出合えて幸運だった。もっともっとバドのことが好きになれた。コートでいっしょに生み出せたものもあって、今、本当に楽しいと思ってる。でもな、これ以上はムリなんだ」

「最後まで、インターハイの最後の一打まで、手を抜かず、諦めることなくいっしょに頂点を狙ってくれるか？」

「もちろんだ」

「正直、まだ呑《の》み込めてないいんだ。でも、なんとか消化していこうと思っている」

そこに榊くんのお父さんが、デザートを持ってきてくれた。

自家製のオレンジシャーベットだったそうだ。

「水嶋くん。君はきっとこれから、世界を目指し、羽ばたいていくんだろうな」

「えっ？　いや俺はまだそんな」

「これでも経験者だ。全日本に出たこともあるんだよ。家内といっしょにミックスダブルスで」

「そうなんですね！」

それは凄い。

そこまでのレベルだったとは、輝も知らなかった。

「だからわかる。君が絶対にわからないことが」

「……俺が、絶対にわからないこと、ですか？」

「才能と努力、そして運。このどれが欠けても、人は諦めることを余儀なくされる。……いや、別の道を探すことになる、と言った方がいいかな。何かを諦めても、それで人生が終わるわけじゃないから」

「それは、俺もわかっていると思うんですが」

「……わからないんだよ。欠けることなく続けられる者には」

「それって、たとえば遊佐さんのことですか？」

「……そういうとこだよ。水嶋、お前がわかってないところ」

榊くんがポツリと呟いた。

「水嶋くん、才能の器には持って生まれた大きさがある。たとえば、このコーヒーカップとサラダボウル。同じ努力を重ねて同じ分量の力がそそがれたとしよう。……こっちのカップがあふれても、こっちはまだ半分にも満たない」

「俺がコーヒーカップでお前がサラダボウル」

榊くんが笑う。

「翔平は、それでも横浜湊に入ってから懸命に努力を続けてきた。あふれた力を、君のサラダボウルにそそげるものならそうしようと」

「辛かったと思うの」

言ったのは、お代わりのコーヒーを入れに来た榊くんのお母さんだ。

「でも逃げなかった。今も逃げずに踏ん張ってる。……私は翔平を誇りに思ってるわ」

「母さん……」

「私も同じだ。翔平はよくやってると思ってる。……だから水嶋くん、君には、もっともっと頑張って、翔平がどうあがいても見られなかった景色を見て欲しいし、それを私たちにも見せて欲しい」

その後、黙ったまま、水嶋くんは、二つの器を眺めていたそうだ。

「お前の器がいついっぱいになるのか俺にはわからない。……お前の器は、こんな小さなサラダボウルじゃなくて、もっともっとデカいと俺は思ってるから」

榊くんはそう言った。

水嶋くんは、お代わりのコーヒーを飲んで、深く深く頭を下げて海晴亭を後にしたそうだ。

「代金を受け取ってもらうのに苦労した。うまかったから、本当に心と体に染みたから、受け取って欲しいと何度も言って、最後は榊に押し付けるようにして帰ったんだ」

「そうでしたか」

輝は、ちょっと泣きそうになった。

でも、もう一度団体優勝を手にするまでは泣かないと決めているので、なんとか堪えた。

「あいつが、いつか金をとれる料理を作れるようになったら、俺、絶対一番に食いに行くって決めたんだ。その一番は誰にも譲らないって」

「僕もごいっしょしたいですけどね」

「……いっしょに行くのはいいけど、一口目は俺に譲ってくれる?」

「いいですよ」


その後も、二人は、何度も話し合っていた。

進路のことだけじゃなく、本当にたくさんのことを。

もう一度、頂点に立つために。


輝と水嶋くんの目の前で、遊佐さんは横川さんとのダブルスで、シングルスでも同じ大学の先輩遠田《おんだ》さんを破って、大学のリーグ戦を一年生で制した。

その後、いっしょにファミリーレストランでデザートを食べた。

水嶋くんは、遊佐さんに頭を下げていた。

「あの最後の一打、俺へのメッセージですよね」と言って。

最後の一打は、相手の肩口への強烈なスマッシュだった。

インターハイの決勝で遊佐さんが水嶋くんを破った時と同じような。

「俺の一打っていうより、遠田さんのレシーブがね」

遊佐さんはそう言って笑った。

確かに、対戦相手の遠田さんは、あの強烈なスマッシュを返していた。球はネットを越えなかったが、ギリギリだった。

水嶋くんが、球の勢いに押され転がってしまったのとは大きな違いがある。

水嶋くんは大きく頷いていた。

離れても、絆は切れていない。

横浜湊への熱い想いは今も脈々とつながっている。

それを嬉しく思いながら、また頂点を目指す重みを、輝はかみしめていた。

第九章　リーダーであること

水嶋くんがなんでも先頭に立って部員たちに発破をかけるようになってから、チームはいっそう強固になった。

けれどまた別の問題も出た。

いやそもそも、今までこの問題が表面に出てこなかったことがおかしかったのかもしれない。

「内田さんって、部長である必要あると思う？」

「マネージャーでよくない？　正直、偉そうに言われると、お前がやれよ！　って思っちゃうよね」

「けどさ。マネージャーは花先輩とかみどり先輩とか、……真智《まち》先輩はちょっと怖いけど、女子マネの方がいいよな」

「じゃあ、内田部長っていらねえってこと？」

こんな会話を交わしているのは、一年生たちだ。

偶然耳にした、榊くんが真っ先に切れた。

一年生たちの前に飛び出して言った。

「お前ら、とんでもないな。輝がどんだけこのチームに大切で、どれほど重要かわかんないなら、もういらんから、お前ら全員バド部をやめてしまえ！」

「お言葉ですが、同期だからってかばいすぎですよ。内田さんがいなくてもこのチームは十分に強いし、俺らがいなくなったら、連覇は次で終わりかもしれませんよ」

岸《きし》くんの言葉に松田くんが大きなため息をつく。

「ちょっとバカだなって思ってたけど、これほどバカだとは」

「は？」

「輝のいないチームで、マジで全国とれるって思ってるなら、本物のバカだぞ」

松田くんは、お手上げだと頭を振る。

「いや俺らも、バカだってよく言われるけどね。こんなバカなことは言わないよ」

「チームの要、ど真ん中をいらんって、何？」

ツインズの二人も、輝をかばってくれる。

「こういうのはさ、力でねじ伏せるのもいいんじゃない？」

そう言ったのは水嶋くんだ。

「暴力に訴えるんですか？　それこそ試合に出られなくなりますよ？」

岸くんのその発言には、輝も頭を抱えた。

「俺たちの力っていったら、コートの中で、バドで戦うってことだろ。何で、暴力になるんだよ」

榊くんも、こめかみを押さえている。

「へ？　ならやらなくても結果はわかってるじゃないですか。内田さんなんて、ランキング戦にも出られない、初心者に毛が生えた程度の実力でしょ」

「あのな。輝がランキング戦に出ないのは、お前らのためなんだけど？」

榊が言う。

「そうだよ。俺らが引退して後に残るお前らが、またてっぺんを目指せるように、よりたくさんのデータを集めてるからだけど？」

「お前ら、輝のノート読んでないの？」

太一くんに続けて陽次くんも嘆くように言う。

「それって部室に山のように積んである、あれっすか？」

鷹羽《たかは》くんが訊く。

「そうだよ。あれはバド部の宝なんだぞ。……春日や桝田は、あれをしっかり読んだから、レギュラーに食い込んできたんだから」

「……」

「まあ、やってみればわかるよ」

水嶋くんがこれほど不敵な笑みを浮かべることはあまりない。

そのことに、輝は一番驚いた。

「だな。一年生、今日は基礎錬が終わったら、輝とゲームやれ。5点じゃ輝の凄さがわかんないかもだから、11点マッチな。代表三人選んどけ。後は、俺らが相手してやる」

一年生たちは、ニヤニヤしていた。

輝に負けるはずがない、と思っているのだろう。

僕も舐められたもんですね、と輝は思う。

少しでもチームのためになればと、基礎練習はしっかりやっていたけれど、ゲーム練習になるとコートを後輩に譲ることが多かった。

もちろんまったくやらないわけじゃないけれど、いつも対戦相手はたいてい水嶋くんか松田くん。これもまた、さらなるデータの積み重ねのためだった。けれど、二人は、このチームのシングルスのトップランナー。輝が勝つことはなかった。勝つことが目的でもなかった。


その日の部活。

輝が海老原先生に許可をもらう前に、水嶋くんが、一年生代表との試合の許可をとってくれていた。

彼らの言葉を聞いた先生は、大きなため息をついてこう言ったらしい。

「彼らが敗北から何かを学んでくれればいいんですが……」

先生も、輝が負けるとはこれっぽっちも思っていない。それがわかっただけでも、輝は嬉しく、自分の今までに自信が持てた。

「じゃあ、まずは、輝と岸で。……ファーストゲーム、ラブオールプレー」

「ちょっと待ってください。内田さん相手に、こっちは三人がかりだと、不公平じゃないですか。それを三連敗の言い訳にされても困るんですけど」

「お前なあ。ラブオールプレーの後に、ごちゃごちゃ言うなよ。反則負けにすんぞ。……そういうのは、勝ってから、ゲームの後で言えよ」

榊くんが審判を買って出てくれたのだが、早々にしかめ面だ。

「いや、いいならこっちはいいんですよ。言い訳ナシってことで、よろしく！」

仕切り直しの、「ラブオールプレー」。

心なしか、榊くんの声が投げやりだ。

正直、どうしても彼らと試合をやりたいわけでもないし、勝って胸を張りたいわけでもない。しかし、ここは、僕が頑張って威厳を示さないといけない場面なんだろうな、と輝はラケットを構える。

岸くんの癖やデータは十分に頭に入っている。

彼の弱点や苦手なコースも知っている。

三打目でまず1点をとる。

彼が苦手なバックハンド側、ライン際を狙った球がうまく決まった。

次はボディを狙う。

それも決まる。

3点目は、スマッシュと見せかけてドロップで。

3－0。

この辺りで岸くんの目つきが変わった。

でも、まだまだだ。

水嶋くんや松田くんに比べて、なにもかもが遅い。

戻りも、球のスピードも、判断も。

気づけば、10－2。あと1点で輝の勝利だ。

「これ、どういう試合なんですか」

コート脇で、春日くんが水嶋くんに訊いている。

それを笑う余裕さえ、輝にはあった。

「あいつら、輝が弱っちいから部長の資格ないとか言ってるからさ。教えてやろうと思って。力はどう使うのかってこと」

「……はあ？　バカなの？」

春日くんは、岸くんの応援兼次の出番を待つ、鷹羽くんと長谷部《はせべ》くんを見て何度も首を横に振っている。

それを尻目に、輝は最後のポイントを、ネット際へのヘアピンでとり、岸くんに勝利した。

「さすが、水嶋さん直伝のヘアピンですね」

春日くんに言われた水嶋くんが苦笑いしている。

「俺じゃなくて、アレは遊佐さんのヘアピン」

「えっ？」

「輝は、俺よりヘアピンはうまいよ。……遊佐さんが絶賛してたから。俺の域まであとちょっとだなって」

「マジっすか」

「だって、お前、アレとれる？」

「いや、あそこに打たれたらもうムリっす」

「だろ」

「マッチワンバイ輝。……ほら次だ。岸コートを空けろ」

コートで茫然と立ち尽くしている岸くんに、凄む榊くん。

それを見て、笑うツインズ。

「次、どっち？　鷹羽でいい？」

呼ばれて鷹羽くんがコートに入ってくる。

かなり嫌そうだ。

そうだろう。ランキング戦でも、鷹羽くんは岸くんに勝ったことがないのだから。

「うん、じゃ。……セカンドゲーム、ラブオールプレー」

鷹羽くんは、ミニ榊くんだ。パワーはある。でもコントロールも、試合での駆け引きもまだあまりうまくない。

今のところ、入部当時の榊くんを百点としたら三十点ほど。

輝は、彼のパワープレーをあえて受ける。

渾身《こんしん》のスマッシュを、あっさり、右奥にクロスで返すと、鷹羽くんが目を丸くする。

ドライブもプッシュも、力技はすべて、わざと軽く返した。

少し、輝にも疲労が出てきたこともあり、そんなたくらみを交ぜ込んだせいで、このゲームは5点をとられた。そのうちの3点が輝自身のミスだったのはいただけなかった。

海老原先生が、苦笑いをしていたのはそのせいだろう。

「本来なら、2セットとったから、もう輝の勝ちでもいいんだけど。一年生ズ、どうする？　まだやる？」

長谷部くんがコートに入った。

「あの、俺らなんもわかってませんでした。すみませんでした」

頭を下げながら、長谷部くんが座り込んでいた鷹羽くんの手を取って立たせる。

そこへ、岸くんもやってきた。

「俺ら、退部ですか？」

岸くんが訊く。

「は？」

「あんなこと言って、こんなに実力差があるのに、内田部長のことバカにして」

「けど、わかっただろ？　輝もすげえって。長谷部も、他の一年も、そう簡単には輝に勝てねえよ。輝の頭の中には、お前らのデータがびっしり詰まっていて、どこをどう攻めればいいのか、わかってるからね」

「えっ？」

「お前ら、部室のお宝ノート見ろよ。最近のやつは、お前らの欠点がズラリと並んでるから」

「マジ……っすか」

「彼を知り己を知れば百戦殆《あや》うからず、でしたっけ？」

　春日くんが榊くんに訊く。

「そんな感じ」

「お前らって、内田部長のこともわかってないし、自分のこともわかってない。そんなんで勝てるわけないじゃん」

　春日くんが、一年生たちに切れ気味に言う。

「はい」

　神妙な顔で答えているのは長谷部くんだ。

「内田部長は、高校に入ってからバドを始めたって言っても、この横浜湊で始めたんだぞ？　遊佐さんや横川さんがいる時代に入って、水嶋さんたちと切磋琢磨してきたんだ。

どんだけ濃密な二年だったと思ってんの？」

春日くんが畳みかけると、一年生たちは、うなだれるばかり。

「その上、輝は特別進学コースにトップで入学して、そこから一度も首席を譲ってないんだよ。……俺らとは頭の出来も違うんだ」

陽次くんが一年生を威圧するように言う。

鷹羽くんはもう涙目になっている。

「長谷部くん、どうします？　やってみたいのなら、僕はかまいませんよ。君のデータもしっかり入ってます。向き合うことで気づきがあるかもしれませんよ？」

実は、輝はこの長谷部くんを一番買っていた。

彼は足が速い。瞬発力もある。中学での実績もまずまず。シングルスでは県で準優勝したこともある。それも一年生の時に。ただ、二年では成績を残せず、三年になってようやく復活して三位になった。

海老原先生と、長谷部くんの試合を見に行ったことを思い出す。

県大会の準々決勝だった。

「なんでしょう。彼、うまいんですが、なんだか全力でやってないような」

「そうですね。まだ怖いのかもしれません」

「怖い？」

「長谷部くんは、利き足の左足に大きなケガをしたことがあるんです。……頑張ってまた復活してきたようですが」

「レベルが上がると、無意識に痛めた場所をかばうっていう、あれですか？　遊佐さんもそうでしたよね」

「ええ。あのレベルの選手でも、心はうまく操れない」

「結局、遊佐さんは、それを克服したんでしょうか？」

「水嶋くんが、沖縄で、遊佐くんの右を狙い続けたでしょう？　あの時、遊佐くんは真正面から自分の弱さと向き合って、ねじ伏せた」

「ということは」

「もう、彼の右足は、弱点ではなくむしろ強みになったでしょうね」

「長谷部くんも、そうなるでしょうか？」

「彼には、うちに来てもらいたいと思ってます。そして、できるなら、彼の恐れを彼の強みに変えてあげたいですね。ただね、なんとなくですが、彼はケガというより、別の何かを恐れているようにも思うのでね」

「別の何かですか」

「それがわかって克服できれば、彼は、きっと横浜湊のエースに育ってくれるはずです」

「それほど、彼のポテンシャルに期待しているってことですか？」

「ええ。それにね、彼は、水嶋くんと同じで、バドミントンが大好きなんです。そうでなければ、トラウマを抱えたまま、コートで頑張り続けられなかったでしょうから」

海老原先生が、長谷部くんを横浜湊に誘った時、全国の頂点を目指すチームで、自分がやっていけるかどうかわからない、とかなり迷ったらしい。

それでも、彼はうちに来てくれた。

そして実は、一年生たちが輝をバカにしていたあの時、長谷部くんは、輝について悪口や批判めいたことは何も言っていなかった。

それでも、この対戦の三人に選ばれたのは、長谷部くんが一年生の中では一番実力があるからだ。

それもあり、輝は彼が最後の対戦者になるよう、榊くんに耳打ちしておいた。

榊くんは、言葉と威圧感で、うまく岸くんと鷹羽くんを誘導してくれた。

輝としては、この二人はどちらが先でもよかったのだが、輝のことをより強く批判していた岸くんを、榊くんは一番に選んだのだろう。

「じゃ、長谷部。ホームポジションについて。岸と鷹羽はさっさとコートから出て」

長谷部くんは、榊くんと輝に一礼をしてから、ポジションについた。

「ファイナルゲーム、ラブオールプレー」

輝のサーブからゲームは始まった。

構えからして、長谷部くんはとてもきれいだ。

これは松田くんを彷彿とさせる。

輝は最初のラリーを長引かせる。

どんな技をどこで使ってくるのか、見極めるためだ。

もちろん、長谷部くんのデータも頭に入っている。

けれど、彼は水嶋くんにもとても似ている。日々、進化していくのだ。

さきほどの、岸くんたちと戦う輝のこともしっかり見ていた。

きっと、見ていた分だけ進化しているはずだ。

端《はな》から、輝への侮りもない。手強い相手になるはずだ。だから輝も、データがこうだから、こうやって、ああやって、などと先に組み立てたりはせず、今日の長谷部くんを観察しながらラリーをした。

1点目は長谷部くんに入った。

けれど、すぐに追いついた。長谷部くんのサーブが甘く浮きすぎたからだ。

なるほど。

こういうところだ。彼の一番の弱点は。

長谷部くんは、思いがけず1点を先取したことで、動揺したのだろう。

謝罪の後の一戦で、最初の1点をとったことを、申し訳ないと思ったのかもしれない。

——だとしたら、最悪ですよ？　長谷部くん。

輝は、そこから、持てる限りの力で長谷部くんを揺さぶる。

前後左右に、彼はよく足を動かしていた。

やはり、彼は自分が少し押されている方が、動きがいいようだ。

そこで、輝は、少し甘めの球をコート奥に上げる。

本来なら、絶好のチャンス球だ。スマッシュか、あるいはドロップか。左利きの彼ならクロスファイアも打てる。

ところが、長谷部くんが打ったのは、コート奥へのクリア。

予想外すぎて、輝の反応も少し遅れたが、クリアならどうしたって間に合う。

もし、フェイントの意思があったとしても、成立していない。

輝はそれを、カットで返し、スッと前に出る。

長谷部くんのラケットは届いたが、球はネットを越えなかった。

次のラリーも、盛り上がりに欠けた。その次も。

とれない球はなかったはずなのに、長谷部くんの返球は何度もネットにかかる。

7－2になった時、輝は、言った。

「ここまでにしましょう。これ以上はムダにみんなの練習時間を削るだけです」

気づけば、ほとんどの部員がコートの脇に集まっていた。

別のコートで、試合形式の練習をやっているのは、水嶋くんと松田くん、春日くんと桝田くんだけ。

「そうだな。……長谷部も、いいか？」

榊くんが長谷部くんに確認する。

「はい」

長谷部くんが頷いたことで、榊くんがノーゲームを宣言し、みんなはいつものゲーム練習に戻った。

輝は、長谷部くんを呼んで、少し話をすることにした。

「やってみてわかったことはありますか？」

「……全然ダメだってことです」

「何がですか？」

「俺、ゲーム中にふいに怖くなることがあるんです。そうなると、まともにラリーができなくなる」

「どうしてでしょうか？」

「わかりません」

「本当に？　わかっていて、わからない振りをしているのでは？」

「振り？　そんなことして、俺にどんな得があるんですか？」

「得はないかもしれませんが、負担が減るかもしれませんね」

「負担？」

「長谷部くんは、中学の時に、大きなケガをしたんですよね」

「はい。でも、もうそれは完治してます」

「完治していても、試合中、何でもない時に、無意識にそこをかばうこともありますよ？」

遊佐さんがそうだった。

「俺、左足かばってましたか？」

輝は頭を振る。

「足をかばってはいませんでした。でも……プレーはどこか不自然でした。そうですね……僕を恐れているように見えました。いや、違うな。僕に勝つことを恐れていると言った方がいいかもしれません」

「……」

「今までの練習でも、ランキング戦でも、君は、同じ一年生には一度も負けていません。……でも、先輩たちが相手になると、勝てない。実力的に無理、ということもあるかもしれませんが、とれる球がとれない、ミスが重なる、そういう場面が多い。今の僕との対戦のように」

「……」

「ケガをした時ではないかもしれませんが、なにかその原因になるかもしれないことに心当たりはありませんか？」

しばらく、長谷部くんは黙ったままだった。

「間違っていてもいいんです。もし、気になることがあったら話してくれませんか。……僕はね、君にとても期待してるんです。君にはとても大きな可能性があると思ってます」

輝が言葉を重ねても、長谷部くんは黙ったまま。

わかっているが言いたくないのか。

それとも本人もわかっていないのか。

「長谷部くんは、どうしてうちに来てくれたんですか？　誘われた時、かなり迷っていたと聞きました。横浜湊を選んだ、一番の理由を教えてもらえませんか？」

輝は質問を変えてみる。

「中三の夏に、インターハイの個人戦、遊佐さんと水嶋さんの試合をテレビで見ました。俺、あの試合、一秒も目が離せませんでした。こんな張り詰めた厳しい試合で、どうして、この二人はこんな楽しそうにシャトルを打ち合ってるんだろうって」

「あの試合は、大勢の人の記憶に残る内容でしたからね」

「水嶋さんは凄いって思いました。最後の最後まで食らいついていた。俺にない、執念のようなものを持っている水嶋さんと同じ場所でバドがやりたいと思ったんです」

「水嶋くんに憧れて、湊に来てくれたんですね」

「水嶋さんっていうより、水嶋さんのバドに憧れたんです」

輝はうんうんと頷く。

「僕も、彼のバドミントンに憧れて入部したんですよ」

「えっ？」

「進路を決めるための学校訪問で、たまたまスカウトされて練習に参加していた水嶋くんたちを見かけたんです。彼の躍動感、刻むリズム、織りなす音、そういったものすべてに魅力を感じたんです。ここでいっしょにバドミントンがやりたいって」

「それで……高校からバドを始めたんですか？」

「はい」

「きつかったですよね？」

「とても。……でも嫌だと思ったことは一度もありません。バドが楽しくて、大好きになって、ここでバドができることが嬉しかった。だから、チームのために僕ができることを探して。……それが今の僕を形作っているんです」

「強いんですね。心が」

「そうですね。弱くはないかもしれません。鈍感なだけかもしれませんが。でもね、きっと僕が傷つかなかったのは、このチームが優先順位をちゃんとわかっているからだと思うんです」

「優先順位？」

「誰かを妬んだりバカにしたり、そういうことって、強くなるためにはマイナスにしかならないんです。そんな暇があったら、一歩でも前に、一段でも高く、そういう努力に時間を使うべきでしょう？」

長谷部くんが、ハッとした顔になる。

「そして、仲間が少しでもうまくなって強くなれば、練習に厚みが出る。チームはそれだけで強くなれる。……だから。お荷物だった僕に対して、誰も文句を言ったり、バカにしたりしなかった。そして僕が少しでもできることが増えると、いっしょになって喜んでくれて」

「それって仲良しこよしの、甘えなんじゃ？」

輝は違いますよ、と頭を振る。

「励ましたり、支え合ったりすることは甘えではないです。同じ熱量で、いざ試合になれば、彼らは僕を叩きのめしますからね。水嶋くんなんて、容赦ないですよ。僕は今でも、彼にラブゲーム寸前に追い込まれますから」

「ああ」

「……二年になって初めてのランキング戦で、僕は初めて最下位を脱出したんです。一年間の努力が実を結んだとも言えるし、たった一年でこのチームは初心者の僕を、何年も経験を積んだ人たちに勝てるまでに育ててくれた、とも言えます」

「チームが、育ててくれた？　海老原先生や水嶋さんのような全国クラスの選手ではなく？」

「もちろん、先生の指導があってこそですよ。僕たちを導いてくれるのは、いつも海老原先生なんですから。……でもね。僕は水嶋くんのバドに焦がれてきましたが、それは水嶋くんが、たとえば遊佐さんのようにスーパースターだったからじゃない。彼が本当に楽しそうにバドをやっている姿に惹かれたんです。……水嶋くんはここに入った当時、ランキング戦でなかなか上位に食い込めずにいたんです」

「本当ですか」

「本当です。彼もまた、チームに育てられ強くなった。僕とは比ぶべくもなく大きく育ちました。けどね」

「本当ですか」

「俺も強くなれますか？」

「君が今抱えている何かを取り除くことができれば。いや、場合によっては取り除く必要はないかもしれない、それが君のプレーに大きくマイナスの影響を与えているとわかるだけでいいかもしれない。……長谷部くん、さっき、何か思いついたような顔をしましたよ？」

「俺、中学の時のケガは完治してるって言いましたよね？」

「はい」

「でも、どうしても忘れられないことがあるんです」

ケガをした瞬間のことなのか。辛かったリハビリのことなのか。

それとも他の何かなのか。

輝は黙ったまま、長谷部くんが自分の想いをなぞり、集めて、それらを口にするまで待った。

「大きなケガをして、みんな心配して同情してくれました。リハビリ頑張って、戻ってこいよって言ってくれました。……でも必死に、一日も早くって頑張って部活に戻った時、戻ってこいよって言ってくれた先輩に言われたんです。……もっとゆっくりしてくればよかったのに。ケガしても、戻って、また俺たちからレギュラーとっちゃうんだなって」

なるほど。

彼のトラウマはこっちなのか。

かつて、松田くんも同じような不安を抱えて苦しんでいたことがある。

「だから、長谷部くんは先輩と試合をすると、実力を発揮できない？」

「そんなこと、今でも気にしてるなんて、自分でもわかってなかったんです」

「それに、さっき気づいたんですね」

「妬んだりバカにしたりする暇があったら、強くなるために時間を使うって、それがここのチームの優先順位だって言われて。比べたのかもしれません、無意識に中学の時のチームと」

「ただ僕はね、誰かをバカにするのは論外だけど、妬みはそんなに悪いことだとは思ってないんです。そういう気持ちって、自分が頑張る原動力になることもありますから。だから、もし長谷部くんにまたそういうことを言う人がいたらこう言ってあげればいいです。

……だったら踏ん張ればいいって。せっかくつかんだチャンスを全力で守り切ればいい。

コートで堂々と戦いましょうって」

今日の輝のように。

コートで強さを見せることで伝わることは多い。

この強さは、勝ち負けだけではない。

　仮に、今日輝が負けたとして、最後まで懸命に球を追えば、諦めなければ、伝わることもある。

「俺……強くなります。あんまり口もうまくなくて何か言われても言い返せなくて。……今日も、俺、部長のこと、悪く言うヤツらのこと嫌だったのに、何も言えなかったし。お前が出て勝ってくれ、って言われたら断ることもできなくて……でも、急には変われないかもしれないけど。……せめてコートの中では強くなります。……部長にも勝ちます」

　ふっきれたような長谷部くんに、輝はちょっと偉そうに笑ってみせる。イメージは遊佐さんのドヤ顔だ。

「受けて立ちますよ。……インターハイが終わったら夏合宿。大きく飛躍するチャンスです。僕らは夏合宿の前後に部活を引退しますが、僕は部長の引き継ぎもあるので、合宿には参加します。……最終日に、勝負しましょう」

「わかりました。……でも、合宿に参加してて大丈夫なんですか？　部長、東大志望って聞いてますけど」

「大丈夫ですよ。先日の模試でもA判定でしたから」

「っていうか、輝、全国二位だったんだぜ！」

　割り込んできたのは榊くんだ。そろそろ長谷部くんを練習に戻してやれ、ということだろう。彼は、こういうタイミングも本当によく考えていて、見習いたいと思う。

「全国二位!!　俺、そっちは一生部長に勝てませんね」

長谷部くんが目を丸くして言った。

人には、それぞれの道があり、やりたいこと、なりたいものは様々だ。

そして、いつでも道を変えることはできるし、立ち止まっても引き返しても問題ない。

大事なのは、見て考えて努力を諦めないこと。

もちろん、疲れたら休めばいい。休むことも大切な選択の一つだ。だけど、休むことに浸ってしまったら、元に戻ることは難しいということを覚えておかなければならない。

アスリートはキリギリスになったら、それで終わり。アリでい続けるしかない。

怠け者は、冬を待たずに自らのフィールドを去るしかない。

アスリートとは、そういう厳しさに常にさらされている存在だ。

たとえ、高校生の部活動であっても。……頂点を目指すのなら。

これが、今の輝の考えだ。

でも、これを他の人に強要はしない。

長谷部くんには彼の考え、やり方があるはずだ。なければ、そこは自分で絞り出さないと意味がない。

「じゃあ、練習に戻りましょう」

その日から、体育館には、長谷部くんの大きな声が響くようになった。

第十章　守りには入らない

輝たちにとって三度目の夏、横浜湊バドミントン部は、決戦の地、岩手に乗り込んだ。

水嶋くんが、無事に集合場所に顔を見せた時、ホッとしたのは、輝だけじゃないはずだ。大事な試合の前に、なぜか体調を崩す、水嶋くん。ケガに泣くことはほとんどないのに。

「体調はどうだ？」

榊くんが真っ先にそう聞いたのも、輝と同じ気持ちだったからだろう。

「まったく心配ない」

大きく頷いて、笑みを向けた水嶋くんの顔には、関東大会の時のような憂いや悲壮感、榊くんの進路についての決意を聞いた時の戸惑いはまったくなかった。

「自分への自信っていうより、仲間への絶対的な信頼かな。もし、俺が堂々としているように見えるなら」

東北新幹線で隣になった輝が、「いい顔つきですね」と言うと、水嶋くんはそう答えてくれた。

そしてその視線は、斜め前のシートでイビキをかいて寝ている榊くんにあった。

「輝、あいつ、夏合宿は参加するらしい」

「そうなんですね。じゃあ、この大会を最後に引退するのは、松田くんだけですか」

「春日くんたちに、しかめ面されそうですね」

「ああ。俺らも、去年、予想していたのに、遊佐さんたちの顔見て、げんなりしたもんな」

「でも、そのおかげで、合宿が実りあるものになりましたから」

「……まあな。厳しい目が多い方が、頑張れるからね。……遊佐さんたちは今年も来るのかな？」

「どうでしょうね。大学の練習との兼ね合いもあるでしょうし。……でも、インハイは見に来るって聞いてます。弾丸で、団体戦の最終日だけになるかもしれないらしいですが」

「つまり、負けられない戦いが……」

「岩手で、初の全国制覇の立役者をがっかりさせるわけにはいきませんからね」

この一年、輝たちは、何度も挫折を味わい、そのたびに力を合わせて這《は》い上がってきた。

全国制覇した王者などとは、絶対に口にできない無様な一年だった。

それでもまた、輝たちは、インターハイのコートに戻ってこられた。

もう一度、想いをつなげるチャンスをもらえた。いや、もぎ取った。

ここまで来たら、やるしかない。

できる限りの力を振り絞って。

「勝ちましょうね」

「そうだな」

「ああ。……優勝するよ」

その夜、宿舎で行われた夜のミーティングで、水嶋くんはこんなことを言った。

「ノーロブ」

「え？」

「ロブを打つなってことじゃない。逃げのロブを打つな、っていう意味だ。岩手では、守りに入らず、攻めの姿勢を崩さない、俺は。そしてみんなもそう心に刻んで欲しい」

水嶋くんが、自ら前に出て発言をすることが増えた一年だった。

「言葉が未来の行動を創る、ってこと、あると思うんだ、俺」

輝が、就寝前にそのことを尋ねると、彼はそう言った。

「短く、わかりやすい攻撃の意志ってどんな言葉かな、って考えたら、ああなった」

初めてのインターハイでレギュラーに選出された二年の春日くんと桝田くんを除いて、レギュラー陣に緊張はない。

その意味もあったのか、海老原先生は、まず初戦、春日くんを第一シングルスに指名した。

ファイナルにもつれ込んだが、春日くんは、最後には次のエースにふさわしい立て直しを見せ、インターハイ初勝利をもぎ取った。

「俺の体力温存にご協力ありがとう」

松田くんが、かつて遊佐さんに言われたのと同じ口調で、春日くんを労《ねぎら》った。

二回戦では、第二ダブルスに、春日・桝田ペアを投入した。

惜しくも負けてしまったが、悪くない試合運びだった。

これが、来年の彼らの糧になることを心から願う。

次の対戦から先に、彼らをコートに立たせる余裕はない。

後は、見て考えて、を繰り返してもらうしかない。

第一ダブルス、ツインズ。

第二ダブルス、水嶋・榊ペア。

第一シングルス、松田航輝。

第二シングルス、水嶋亮。

第三シングルス、榊翔平。

このオーダーで相手の出方を考え変えられるところは、第一と第二のダブルスの入れ替えと、第二と第三のシングルスの入れ替え。それだけだ。

埼玉ふたば学園が、準決勝まで、レギュラーをほぼ温存できるのとは、大違いだ。

ここは、輝も、反省している。

底上げができなかったのは、部長である輝に責がある。

しかし、ここにきて後悔しても仕方ない。

一つずつ、全力で勝ち上がっていくしかない。

決勝まで、圧巻だったのはツインズの二人だ。

彼らは、決勝まですべての対戦を、ストレートでチームに貴重な一勝をもたらしてくれた。ダブルスを一つ圧勝することの一番のメリットは、チームの士気を大きく上げてくれることだ。それにつられて、ツインズと第一と第二を場合によっては交替しながら、水嶋・榊ペアも、もつれながらもなんとか勝利を挙げていた。

松田くんは、安定していた。

ツインズほどの圧勝感はなかったが、負けない試合運びはさすがだ。

春日くんには、このスタイルをぜひ学んで欲しい。

憧れの水嶋くんのプレーは、そう簡単に真似できるものではないから。

「第一ダブルスは、水嶋くん、榊くんにお願いします。第二ダブルスは、東山太一くんと陽次くん。第一シングルスは松田くん。第二シングルスは春日くん。第三シングルスは水嶋くん」

海老原先生から決勝戦のオーダーが発表されると、

「えっ!?」

「は?」

声が何人かから上がった。

一番大きな声で「えぇぇっ!!」と叫んだのは春日くんだ。

「そ、そこは榊先輩では？」

「バカだな、春日。これはな、お前まで回すんじゃないっていう、俺たちへのメッセージだ」

「え？　あ！　ああ」

「けど、もし一つでも落としたら……」

桝田くんが言いながら春日くんを見る。

「そら、回ってくるな春日に」

「そ、それは、……」

春日くんが、うつむく。

「春日くん、もしもの時は頼みますよ。水嶋くんは個人戦シングルスとダブルスに出場しますからね。……できるだけ体力を温存させたいので」

「……春日。沖縄の団体決勝、見たんだろ？」

「ハイ、何度も」

そう言いながら春日くんが見たのは松田くんだ。

あの死闘を見たのなら、言うべきことはたった一つのはず。

「勇往邁進、頑張ります!!」

「よく言った。……けどまあ、心配すんな。お前は、インハイの緊張感だけ味わっておけばいい。お前まで回る可能性なんてないから」

榊くんがニッと笑った。

「ねえねえ、このオーダーの問題はそこじゃないよ。……なんで俺らが第二ダブルスかってとこでしょ」

陽次くんが口を尖らす。

「どこが問題なんだ？」

水嶋くんが、陽次くんを見る。

「俺らがエースダブルスなんだし……さ」

とはいえ、水嶋くんたちも、その実力はツインズにかなり肉薄している。

「最後だから、でっかい打ち上げ花火上げたいしな。しこみはきっちりたっぷりとな」

などと榊くんは言うが、そこまでの努力を二人が重ねてきたということだ。

この大会で、どんなきれいな花火を見せてくれるのか、輝は楽しみにしている。

「……だからこそのこのオーダーだろ」

太一くんが言う。

どうやら太一くんは、ちゃんとわかっているようだ。

「陽次、決勝は三面のコートでいっせいにスタートだ」

太一くんが言う。

「知ってるよ。俺ら三度目のインハイじゃん」

「ならわかれよ。そこで、圧勝のコートが一つある意味を」

「……あ。そういう」

「第一か第二か、そういうのは関係ないんです。単に、相性の問題です。相手はおそらく持てるオーダーで最高のものをぶつけてきます。この一年、王者の座を奪い返すために、猛進してきたのですから」

「……だとしたら、水嶋・榊は第二ペアと……。あれ？　もしかしてやったことない？」

「そうです。一方で東山くんたちは三戦三勝。圧倒的に相性がいい」

「いや相性じゃなくて、実力だけどね」

　陽次くんは胸を張る。

「水嶋くんたちは、選抜であちらのエースダブルスに勝っています。関東大会ではやられましたが、あの時は水嶋くんの体調不良がありましたから。……あの負けで侮ってくるような相手ではないので、厳しい戦いになるとは思いますが」

「そこで、俺らが圧勝してさっさと応援に回る。……そうなるとどうなる？」

「おおっ！　榊たちが、俺らも続くぞ！　ってなるな」

　どうやら、太一くんがうまく陽次くんを宥めてくれたようで、輝は、笑みを太一くんに向ける。太一くんは、輝にだけわかるように小さく頷いた。

本当のところ、相手が誰でも、どんな相性でも、決勝戦の第一ダブルスは、水嶋・榊ペアで行くと、海老原先生から、事前に輝は聞かされていた。

　輝も、そうするべきだと思っていた。

それもあり、強いエースペアがいるチームに対しては、ツインズではなく、彼らを第一ダブルスに出してきた。相手がオーダーを変えたせいで、こちらの思惑とは違う対戦になったこともあるが……まあ、そのおかげで、陽次くんがむくれずに済んだともいえる。

「ではみなさん。勇往邁進、健闘を祈っています」

海老原先生の声に送られ、それぞれがコートに向かう。

「やっぱり、あのユニフォームは、彼には少しキツそうですね」

海老原先生が、苦笑いする。

榊くんは、横川さんがチームに残していったユニフォームを着ている。水嶋くんは遊佐さんのものを。

水嶋くんはこの二年でぐんと体格がよくなり、遊佐さんのユニフォームがぴったりだが、榊くんは、少しキツそうだ。

「パフォーマンスに響くから、無理に着なくてもいいんじゃない？」

水嶋くんは言ったが、自分も他のメンバーより少し色あせた青を愛《いと》しそうに撫でている。このユニフォームは、その背中に輝が初めて「横浜湊」の文字を書いたものだ。もちろん、水嶋くんたちも同じものを持っている。

けれど、あえて、彼らは遊佐さんと横川さんのものを選んだ。

思いをつなぐために。それを自分たちと他のみんなに知らせるために。

「大丈夫。これを言い訳にはしないさ。……いつも以上のパフォーマンスで、きっちりチームに貢献する」

榊くんは、言いながらラケットを振ってみせる。

「そうか。お前がそう言うなら……。とにかく見せたいのはこのユニフォームじゃない。俺たちの一勝。そして、チームの連覇だ」

「ああ」

大きく頷いてから、彼らは最後にコートに向かった。

榊くんは、一度振り向いて、輝に言った。

「でっかくてきれいな花火見せてやるよ。あの夏みんなで見たものより、ずっとずっとすっげえのな」

春日くんも、松田くんの基礎打ちのパートナーとして、まずは決勝戦のコートに立っている。最初はぎこちなかったが、今はいつも通りのきれいな基礎打ちを見せている。

オーダーへの戸惑いや不安はもうないようだ。

それを、うらやましそうに桝田くんが見ている。握り込んだ拳が、彼の飛躍につながれば、と輝は願った。

ツインズは、目論見《もくろみ》通り、圧倒的な勝利を挙げた。

21－9、21－14。

想像以上だった。

ツインズは、ダブルスの個人戦でも優勝候補筆頭だ。それでも、これは凄いことだ。

王者といえば、前回全国制覇を成し遂げた横浜湊ではなく、埼玉ふたば学園なのだ。

今この瞬間でさえ、みんなの認識としては。

その王者の一角を、圧倒的なパフォーマンスで打倒した。

海老原先生が、うんうん、と大きく頷いているのを、輝は久しぶりに見た。

第一シングルスの松田くんも、次に、勝利で試合を終えた。

21－19、24－22。

接戦だった。

しかし、ストレートで勝ってくれた。

これも凄いことだ。

松田くんは、淡々とベンチに戻ってきた。

長いラリーも多かった。セカンドゲームのインターバルまでは、向こうに先行されていた。

それでも、松田くんは粘りに粘り、逆転すると、そこからも1点差の攻防を凌ぎ、勝ちを手にした。

海老原先生は、松田くんが戻ってきた時に、そっと肩を叩いて言った。

「今まで、一番のパフォーマンスでしたよ」

それを聞いていた桝田くんが後で、輝に聞いた。

「けど、沖縄のあのゲームの方が、凄かったですよね」

「あれは、本当に素晴らしかった。……でも、僕も今日の松田くんのパフォーマンスの方が凄かったと思いますよ」

「なぜですか？」

汗を拭っている松田くんを見て輝は言う。

「彼は、この大一番で、ストレートで、しかもまだまだ余力を残して勝ちました。ファイナルまでもつれ込み試合直後に倒れ込んだあの頃より、何倍も強くなったんですよ」

「……俺もきっと、来年は」

桝田くんは、決意に満ちたまなざしで、水嶋・榊ペアを見つめる。

「そうですね。みんなで強くなってください。今年僕らがつなげる想いを、君たちがまた次につなげてください」

輝も、言いながら水嶋くんたちのコートを見ている。

ファーストゲームをとられ、セカンドゲームをとり返し、ファイナルゲーム、今は19－20、1点のビハインド。

「一本！」

「集中！」

応援席から声が飛ぶ。

遊佐さんと横川さんの声だ。

あの人たちは、声のかけどころもよくわかっている。

水嶋くんのラケットが、スッと上がった。

榊くんの表情が引き締まる。

「集中！」

輝も声を出す。

20－20。

榊くんが粘って作り出したチャンスに、水嶋くんがライン際にスマッシュを決め、同点に追いついた。

ハイタッチを交わす二人。

そのまま1点の攻防が続き、何度も同点になりながら、25－25。

会場は静まり返っている。

四人の息、シューズのスキール音と、シャトルの音だけが響いている。

次のラリーは長かった。

いや、ここにきて、わざとラリーを長引かせているのだろうか。

水嶋くんたちの足は、よく動いている。

二人が、つぎ込んできた努力のつぼみがここにきて花開くとは。

輝は、こみ上げてくるものを、なんとか堪える。

だめだ。

ここじゃない。

今じゃない。

自分の太ももをつねって、視線をまっすぐ水嶋くんと榊くんのコートに向ける。

それにしても、榊くんのあの守備力。ここにきてあれをやられたら、相手のメンタルはたまらないだろう。

相手のペアが、榊くんを睨みつけている。これもとるのか。なんなんだ、お前。あり得ない……。そんな声が聞こえてきそうだ。

何度か、攻撃に変えるチャンスはあった。

でも、水嶋くんは、そのチャンスを使わなかった。

最後の最後に、勝利を手にするために。

そして、相手の足の動きが鈍くなってきたその瞬間。

榊くんがスッと前に出て、トップ&バック、攻撃態勢になった。

そこから勝負はすぐについた。

水嶋くんのカットに、相手が足をもつれさせながら上げた甘い球を、榊くんがプッシュで押し込み、26－25。

頷き合う水嶋くんと榊くん。

次のラリーが早々に始まる。

二人は勝負を急がない。

ラリーの主導権を渡しているように見えるが、実はいいようにこのラリーを支配しているのは、こちらだ。

「押されてますね」

桝田くんは心配そうだ。

「大丈夫ですよ。これで決まります」

輝は言った。

——ミスさえしなければ。きっと。

「けど、守りに入らない、攻撃に徹する、みたいなことを昨日言ってたのに、終盤にきてから守ってばかりじゃないですか？　こんなんで勝てるんですか？」

「あれ、守ってるだけに見えるのなら、桝田、お前まだまだだよ」

「なんだよ、春日。偉そうに」

「あの人たち、20オールになってからずっと攻めてる。それまで以上に」

「だって、今のも、スマッシュ打てただろ？」

「でも、あれでスマッシュ打たれても、俺ならとれるけど」

「っていうか、お前アップどうしたんだよ」

「もう必要ないかなって。負ける未来が見えないから」

輝はフッと笑う。

そういえば、遊佐さんも、松田くんのゲームの途中でアップをやめたことを思い出した。

松田は勝つって言って。

「あっ」

声を上げたのは、陽次くんだ。

相手のスマッシュを、水嶋くんが切れのいいドライブで返したからだろう。

相手がギョッとしたのがベンチからでもわかった。

通常、あれはロブで返す。しかも、あの勢いのスマッシュなら、コート奥に甘い弾道で返さざるを得ない。

「ノーロブ！」

桝田くんが、少し誇らしげに言った。

またしても、榊くんが前に出る。青い炎を背負っているように。

絶好のチャンス球が返ってきた。

「行けぇー!!」

榊くんがまっすぐ前を向いたまま、水嶋くんに叫ぶ。

水嶋くんが跳んだ。

重力なんかないかのように。

ズシュッと、重い音が響いた。

球は、相手の右肩めがけ飛んでいった。

これは、何度も見た光景だ。

遊佐さんが、昨夏のインターハイで水嶋くんをしとめた、そして、先日の大会でも優勝を決めた一打と同じだ。

相手は、身をよじり球を避《よ》けた。

球は、そのまま、コートに突き刺さる。

線審の判定を待つまでもなく、あきらかにイン。

けれど、歓声はインの判定まで、息をひそめていた。

その分、沸き上がった歓声は大きく、見回すと、観客は総立ちになっていた。

27－25、一時間に及ぶ、男子ダブルスとしては異例に長いゲームが決着した。

ハイタッチを交わす二人。

健闘をたたえ合うように、ポンポンと互いの背中を叩く。

相手と握手を交わし、審判に礼をする。

そして、次の瞬間、水嶋くんが、応援席に向かって拳を突き上げた。

その視線の先には、櫻井さんがいた。

それを見ていると、春日くんに、タオルを差し出された。その時、輝は自分が泣いていることに気づく。

そして、次の瞬間タオルに顔をうずめ、号泣した。

もういいんだ。

我慢しなくても。

仲間の健闘をたたえ、喜び、声を出して泣いても、大丈夫なんだ。

そう思うと、よけいに泣けた。


ベンチに戻ってきた水嶋くんは、真っ先に輝に抱き着いた。

「輝のおかげだ。最高のパフォーマンスでチームに貢献できたのは」

「僕は、僕のできることをしただけですよ」

まだ輝の目は赤く、アイシングしている状態なので、まったく様にならない。

「輝、ありがとう。お前には感謝しかない」

榊くんが、彼らしい大らかな笑顔で言ってくれた。

「輝、マジ最高の部長だよ」

「輝、マジマジ、最高！」

――ツインズは、もう少し語彙《ごい》を増やした方がいいですね。ま、この方が彼ららしいですけど。

「輝、まだ個人戦が残っている。最後の最後までヨロシク」

松田くんは、冷静だ。

そうだ。

まだ個人戦がある。

横浜湊の戦いはまだまだ続く。

この夏のインターハイだけじゃない。

次の夏も、またその次の夏も。

チームは想いをつなげ、重ね、進んでいく。挑戦者であり続けるために。

「勇往邁進！　ですね」

輝の言いたかった言葉を、海老原先生に言われた。

その、いたずらが成功したような先生の顔を見て、みんなが笑った。


個人戦ダブルス。

決勝は同校対決になった。

ツインズVS.水嶋・榊ペア。

予想通り、ツインズがストレートで勝利を手にしたが、団体戦の激闘を思えば、水嶋くんたちが健闘したともいえる内容だった。

水嶋くんはシングルス戦もあるのに、最後の一打まで、懸命に足を動かしていた。

それに、とても、とても楽しそうだった。

最後の榊くんとの試合を、心から楽しんでいるその様子に、相手のツインズまで、つられてリズミカルになっていた。

そして、シングルス決勝。

対戦相手は、岬省吾くん。

「もはや宿命のライバルですね」

「そうだな。いいライバルだ」

榊くんとの最後の基礎打ちを終えると、水嶋くんは、大きく深呼吸をして、コートに向かっていった。

昨年の決勝戦も記憶に残る死闘だったが、今年の戦いも、それに勝るとも劣らない、素晴らしいものだった。

応援席で見ていた一年生の長谷部くんなどは、「俺、水嶋さんに本気で惚《ほ》れ直しました！　いや、水嶋さんのバドにですけど」と言って、榊くんに怒られていた。

「それな、俺が中学の時にもう使ったセリフだから」

「は？　え？」

「俺、あいつのバドに惚れて湊に来たんだ。そんでこの景色を見られた。最高だよ、俺の相棒は！……お前はただの後輩だけどな」

「榊くん、大人げないですよ」

輝が注意すると、榊くんは、笑った。

「俺は、いつも少年の心を持ったバドラーだから」

「心だけならいいんだ。言動には注意しろ」

松田くんに言われ、またヘラッと笑った。

決めたのは榊くん自身だ。

それも、もう、ずいぶん前に。

競技者とし、コートに立つことは、このインターハイまでと。

それでも、寂しい気持ちはあるのだろう。

それは、榊くんだけでなく、他のメンバーも同じだ。

もっと、これからも、榊くん、同じように引退を表明している松田くんと、バドミントンの未来を切り開いていきたい。そんな気持ちはあるはずだ。

それでも、僕らは前を向いて行くしかない、と輝は思う。

後悔も未練も、あって当然だ。

それを全部チャラになんてできない。消化もできない。

抱えたままで行くんだ。

抱えきれない時は、支え合い、時に叱咤《しった》し合いながら。一人でいても、一人じゃないって、感じられる仲間とともに。

輝は、心から思う。

横浜湊に来てよかった。

このチームでやれたことは、すべて、自分の誇りだ。

僕は、バドミントンが大好きだ。

この先も、ずっと。ずっと。

その日、輝は久しぶりに兄にメールした。

【インターハイ、団体、個人戦シングルス、ダブルス、横浜湊は三冠を手にしました。最高の気分です。僕は、家族に恵まれ、仲間に恵まれ、誰にも負けない青春を送っています！】

【おめでとう!!　やったな!!　ただ誰にも負けない青春ではないぞ。俺には負けているからな。……俺には彼女ができた！　お前に足りないものはこれだ。まあ、頑張れ！】

兄のその返信には、北欧系の美女と仲良く釣ったサーモンを抱えている写真が添付されていた。

輝は、そのメールに「おめでとう！」とは返信しなかった。

第十一章　夏合宿、イン野沢温泉

輝たちが卒業してから初めての夏、残念ながら、横浜湊は愛媛で行われたインターハイでの団体戦優勝を逃した。埼玉ふたば学園が王者の座を奪還したのだ。

どちらのチームも汗と涙にまみれたその結果を、輝は、応援席で見つめていた。

つなぐことの難しさ、厳しさをかみしめながら。

一週間後の夏合宿。この年から、横浜湊は、再び優勝を勝ち取るために、合宿を野沢温泉で行うことになった。

これで彼らが心機一転できれば、と輝は思っている。

ただ、場所が涼しくなっても、地獄は地獄だった、いや、去年のものより、精神的には地獄度が上がった、というのが三泊四日の合宿を終えた二年生部員たちの声だった。

輝も、コーチの一人として同道したが、まあ、そうだよね、と頷くしかない。

ただ輝個人にとっては、とても有意義で楽しい合宿だった。

まず、後半二日が、早教大学との合同練習になったこと。

早教大には、水嶋くんが進学している。彼の宿命のライバル岬省吾くんもいる。

そして、榊くんが、菱川さんに雇われシェフとしてやってきたことも大きい。

「ついでに、松田とツインズも呼べば？」と榊くんが言ったのは当然だろう。

松田くんには声をかけた。

けれど、日程が合わないと断られている。

「ツインズ呼ぶと、あの二人も来ちゃうかもだし……やっぱやめとくか」

だけど、すぐに榊くんはそう付け加えた。

輝も笑って頷いた。

遊佐さんと横川さんが来れば、合宿はさらに充実したものになるだろう。

でも、彼らは、もう世界に羽ばたいている。

過酷で多忙な日々を送っているはずだ。

言えば、相当無理をしてやってくるかもしれない。

なので、輝から知らせることはしなかった。太一くんと陽次くんにも。

彼らが、二人に秘密を持つことは限りなく難しいことはわかっている。

だから、申し訳ないが、内緒にしておいた。

もっとも、昨日太一くんから、夏合宿の日程を教えてと連絡が来て、そこは正直に、合宿地の変更も含め、今朝、返信した。

【はい？　野沢温泉！　ズルい!!　で、それって、どこ？】

【長野県の北部ですね】

それっきり太一くんからの返信はなかった。

横浜湊の部員たちは、「魚安」という民宿でお世話になっているが、早教大のメンバーは、野沢にある大学の合宿所を使っている。大きなお風呂はもちろん温泉だ。

輝も早教大の合宿所にお世話になっている。

後輩たちも、その方が気が休まると思って。

榊くんは、早教大チームの食事の面倒を、四人いる女子マネージャーといっしょに見ていた。前乗りして、最初の二日は、OBとして、横浜湊の練習に参加していたから、彼にとっては、天国だったかもしれない。

コーチとして後輩に尊敬された後……。

「翔平くん、凄ーい。まだ専門学校の生徒なんでしょう？　なのに、こんなに手早く美味しいものが作れるなんて」

「ほんと、カッコイイよね、料理できる男って！」

こんふうに年上の女子にちやほやされて。

ただ、そんな榊くんも、水嶋くんたちが練習から戻ってくると、いそいそと水嶋くんと岬くんの世話を焼きに行く。

水嶋くんは言わずもがな、岬くんも、今では榊くんの世話焼きモードの対象だ。

年の離れた弟妹の面倒をずっと見てきたからなのか、榊くんは、とにかく誰かの面倒を見ている時が、一番幸せそうだ。

「うまい！　榊、これ、めっちゃうまいよ！」

水嶋くんが榊くんの作ったカツカレーを勢いよく食べ出すと、「そーだろ、そーだろ！」と言いながら満面の笑みで、水のお代わりをそそいでいる。

「輝も、ほら、もっと食え」

もちろん、僕の面倒もせっせと見てくれる。

「省吾は、どうした？　食欲ないのか」

「結構きつかったから……練習」

そう言って、岬くんがげんなりとして見ているのは、カツカレーをお代わりしている水嶋くんだ。

「横浜湊が、亮があんなに強かった理由、あれなんじゃないかな。真夏のハードな練習の後あれだけ食えるって。……凄いよ」

「いや、それは違うぞ。水嶋の食欲が変なだけだ。……あいつの胃袋は異世界につながってるんじゃないかと思う」

菱川さんが茶々を入れる。

「どういう意味ですか？　食べないと体力つかないっすよ」

水嶋くんが鼻にしわを寄せる。

「わかってるけど、食べられないんだよ、ふつうは。体が、この暑さと練習量に慣れるま

では な」

「まあ、それもあって、カレーなんでしょうね。今日は」

「おっ。輝はさすがわかってるな」

「スパイスは食欲をそそってくれます。それに、ご飯やルーの量を加減できますし、水嶋くんみたいに食欲旺盛な人は、カツやタマゴのトッピングもできるし」

「そうなんだよ。カツもさ、残ったら明日の昼にカツ丼にできるしな」

「カツ丼!!」

高校時代、学食ではカツカレーとカツ丼の両方を並べて食べていた水嶋くんのテンションが上がり、逆に、岬くんはいっそうげんなりしていた。

「ならさ、省吾、野菜のスムージーとか作ってやろうか?」

「え、いいの?」

「おお。すぐできるから、待ってな」

榊くんがテーブルを離れると、菱川さんが言った。

「あいつ、おかんだな、お前らの」

確かに。

ちょっとウザいほどの世話焼き母さんかもしれない。

ちょうどその時、民宿に泊まっている横浜湊の新しい部長の長谷部くんからメッセージが来た。

【先輩、ヤバいっす。これ】

その後に添付されていたのは、夕食の写真だ。

かなりのボリュームだ。

これは、水嶋くんクラスでないと完食できないかもしれない。

しかし、栄養のバランスのいいメニューだ。食べるしかないだろう。

【これ！　もうムリなんすけど】

次に大きくアップされて映し出されたのは、イナゴの佃煮《つくだに》だ。

なるほど、これは浜っ子には衝撃だったかもしれない。

輝たちが前乗りした時には、メニューになかったので、輝も少し驚いた。

「どうした？」

「これに、まいっちゃったみたいですよ」

輝が、菱川さんたちに写真を見せる。

「うっ！」

口を押さえたのは岬くんだ。

「貴重なたんぱく質だから、ちゃんと食うようにって言っておいて。俺はムリだけど」

榊くんが笑う。

「どんな味なんだろう」

水嶋くんは興味津々の様子だ。

「訊いてみましょうか」

輝が長谷部くんに尋ねると、誰も食べられなくて味はわからないと返ってきた。

「わからないそうです。勇者が出てこないらしくて」

「水嶋、気になるの？」

「まあちょっと」

「じゃあ、明日少しだけ仕入れてこようか」

「えっ。それは勘弁してよ、見たら俺、トイレに直行する自信あるし」

岬くんがそう言うと、菱川さんが立ち上がった。

「じゃあ、今からあっちを表敬訪問しよう。歩いて五分ほどだから」

「じゃあ、ついでに外湯巡りしましょうか」

「いいね」

菱川さんと水嶋くんは、横浜湊の宿舎に顔を出すことをサッと決めた。

「榊は？」

「俺は後片付けあるから。バイト代もらってるからやることはちゃんとやんないと。女子マネさんたちは、無償で頑張ってるしね」

「そっか。岬は？」

「俺は温泉だけにする」

岬くんは、あくまでもイナゴとのご対面は避けたいようだ。

「輝は？」

「僕はごいっしょします。合宿最終日に備えてみんなの様子も見ておきたいし」

ということで、やってきた横浜湊の宿舎。

一階がスーパーで、二階より上が民宿になっている造りだ。民宿の玄関口で、女将さんを呼んで、チームの夕食場所になっている広間に案内してもらった。

「ほう」

階段の途中で、菱川さんが声を上げる。

「いや、スキーやスキージャンプのオリンピック選手の色紙が、ほら」

「さすが、雪国ですね」

輝は、来る途中で見かけたジャンプ台を思い出す。

「今は、夏真っ盛りで実感湧かないけどね」

水嶋くんも、その色紙をじっと見つめる。

彼の、少し先の未来にも、オリンピックという目標があるのかないのか。

高校時代は、「世界とか、全然考えられない」と言っていたけれど、早教大学に進んでから少し意識が変わったようだ。

遊佐さんと横川さんが、日本だけでなく海外の大会で少しずつ成績を残しているからかもしれない。

「よっ」

「こんばんは」

「おじゃまします」

広間に輝たちが顔を見せると、歓声が上がった。

「待ってましたよ」

「水嶋さん！」

「うん？」

あまりの大歓迎に水嶋くんが戸惑っている。

今日、体育館でいっしょに練習したばかりだ。

そこで、一通りの拍手と歓声はもう味わった後だ。

「これっす」

長谷部くんが山盛りのイナゴを差し出す。

どうやら、みんなのものを一つに集めたようだ。

その皿をチラッと見たが、水嶋くんはまず海老原先生の座っている場所に行く。

「先生、おじゃまします」

「はい。こんばんは」

先生は笑っている。

部員たちのイナゴへの衝撃ぶりがよほど面白かったのだろう。

「水嶋さん、これ、どんな味か気になるんでしょう？」

皿を持ったまま、長谷部くんが追いかけてくる。

水嶋くんは、なんのためらいもなく、その一つをつまんでパクッと食べる。

おおっとたくさんの声が揃う。

「うん。うまい。小魚とか小エビとか、そんな感じだな。このサクサク感がいいな」

「マジっすか。……さすがっす、水嶋さん」

もう一つ二つ食べてから、水嶋くんは言った。

「でも、甘辛いっていうか味が濃いから、そうたくさんは食べられないな」

「水っす」

差し出したのは、岸くんだ。

「内田部長も、水、いります？」

「二代前の部長だけど、水はもらいます」

岸くんが、もう一本ペットボトルを持ってきてくれた。

その間にも、水嶋くんは、十四ほどイナゴを食べ、菱川さんもつまんでいた。

輝も後学のために、一つつまんだ。

なるほど、小魚みたいだな。イナゴの形状をしっかり見なければ、食べられないことはない。

「さすがっす。やっぱ全国制覇した人って違いますね」

「お前らも、そう言うなら、一匹ずつでいいから食えば？　無理強いはしないけどな」

菱川さんが言うと、長谷部くんが、小さいものをつまみ目を瞑ったまま口に入れた。

「目指せ！　全国優勝!!」と叫んだ後で。

一年生からも、一人勇者が出た。榊くんの弟、浩平くんだ。

しかし、他は、みんな「死ぬ気で練習するんで勘弁してください」と涙目になっていた。


その後、輝はミーティングに参加するために居残り、菱川さんと水嶋くんは外湯に入りに行った。

岬くんは、それまで、近くのカフェで待機していたようで、三人揃って一番大きなその名も大湯に行ったそうだ。

輝は、ミーティングの後、「松葉の湯」に入った。

一階が洗濯場、二階に温泉があって、外に温泉卵釜《がま》がある、独特な風情のある湯だった。

とにかく熱く、しっかり何度もかけ湯をして体をならしてから入った。

体がポカポカになり少々のぼせたので、他の外湯をめぐることはやめておいた。

翌朝、少しでも涼しい間にと、朝食の前に水嶋くんが岬くんとランニングに出た。

「あいつら、練習オタクなの？　朝食すんだら、体育館までランニングだっつうのに」

菱川さんは、あきれているが、榊くんは笑って言った。

「俺だって、朝食の準備がなかったら、いっしょに走りたかったですよ」

「……僕は遠慮しておきます。みんなほど体力ないですから。それより、朝食の準備、手伝いますよ」

「おっ。ありがとう」

榊くんといっしょに厨房《ちゆうぼう》に入る。

榊くんは慣れた手つきでキュウリを刻む。

オムレツを作るのか、卵がたくさん用意されている。

僕にもオムレツ、作れるかな？

などと思いながら輝はフライパンを見つめる。

「おっ、輝も料理すんの？」

「いや、……僕は全然です。母が得意なので、習いたいなと思ってるんですが……」

輝は、フライパンの柄を握る。

「……どうしてなのか、こういう形状のものを見ると振りたくなるんですよ」

輝は、フライパンで二度、三度、素振りをする。

「それな。俺も！」

どうやら、ラケットに似たものを見ると素振りをしたくなる、というのはバドミントンプレーヤーの性《さが》らしい。

「輝、卵割るのは大丈夫だろ？　二つずつ、そっちのボウルに割っていって」

頷きながら訊く。

「全員に、作るんですか？」

「ああ」

「大変ですね」

「マネージャーの人たちもやるから、たいした手間じゃないよ。……オムレツは、洋食屋の基礎中の基礎だからな。中学の時から親父に仕込まれてるから。まあ、ついこの間までは、まかない専用だったけどな」

つまり、今は、お店に出せるレベルになったということだ。

榊くんは、本当に凄い。

「水嶋はお肉星人だから、ベーコン入れとこ。……省吾はトマトだな。菱川さんは、よくわかんないから、ま、いいか」

「ほう、ま、いいかときたか」

菱川さんがやってきた。

「……リクエストありますか？　玉ねぎとベーコンとトマトしか用意してませんけど」

「全部入りで」

「……遊佐さんっすね」

「は？」

「いや、遊佐さんも、全部入り、とか言いそうだなって」

「そうか。エースの血だな」

「……はいはい」

話しながらも、榊くんはきれいな形のオムレツを次々作っていく。

「翔平くん、サラダできたよ」

「スープもオッケー」

「あざっす」

「オムレツ、手伝うよ」

「俺のは、榊が焼いてくれよ」

「は？　菱川、どういう意味よ」

オムレツ作りに手を挙げてくれたマネージャーの佐々木《ささき》さんが、菱川さんを睨む。

「佐々木、お前なあ、これでも俺、ここの元部長よ？　呼び捨てすんなよ。そういうキャラ、苦手なの俺」

「へえ、そういう人、身近にいるのね」

「水嶋くんのお姉さんですか？」

輝が言うと、菱川さんは、目を逸《そ》らした。

「水嶋って、お姉さんいるんだ。……なんかわかる。彼、弟キャラだよね」

「この人ですよ」

輝は、岩手でのインターハイ優勝の後、みんなでいっしょに撮った写真を見せる。

「真ん中の、髪の長いこの人です」

輝は指で、画像をピンチアウトする。

「おおっ。超絶美人お姉さまだね！　けど、やっぱ水嶋と似てるね、なんとなく。こっちの女子もかわいいね」

「それ、水嶋の彼女」

「ええっ」

輝はスマホを奪われる。

「マジか、狙ってたのに……」

佐々木さんは、スマホを返してきた。

「二つも年下じゃん」

「年下の男子好きなの、私は。プライド高すぎなくて、かわいいし」

「それ、俺のこと褒めてるわけ？　誇り高いってさ」

二人はテンポよくじゃれ合っている。

「けど、遊佐さんも、水嶋くんのお姉さん、二つ年上の里佳さん一筋ですよ」

「遊佐賢人も彼女いるんか。……そりゃいるよね。スーパースターだもの」

「いや、あれは遊佐の片想いだろ。まだ今のところ」

「そうなの！　あの遊佐賢人に想われても靡《なび》かないって、水嶋の姉、凄いね。まあ、こんな美人だからね。……モデルかなんかなの？」

「里佳さんは、僕の先輩ですよ」

「輝くんて、たしか東大生だよね？」

「はい」

「っていうことは、この美女、東大生ってこと？」

「ですね」

佐々木さんは、はあーっと大きなため息をつくと、厨房を出ていく。

「おい、オムレツは？」

「菱川焼いといて。私ムリ。神様の不公平さに、なんかメンタルやられたし」

そうこうしている間に、榊くんはほぼ全員のオムレツを作り上げた。

「じゃ。最後に菱川さんの全部入れですね」

そう言うと、榊くんは、輝が用意したものにもう一つ卵を追加し、シャカシャカと混ぜ合わせ、フライパンにバターをひく。

卵が半熟になったところへ、あらかじめ少し火を入れた玉ねぎとベーコン、トマトを投入する。

「すげえなあ。……これは惚れるな」

「はは」

笑いながらも、他のものより一回り大きなオムレツを作り上げ、皿に載せると、榊は言った。

「佐々木さん、菱川さんのことが好きなんですね」

「え!? どこにそんな要素あった?」

「目つきや、顔の傾け方。……なにより、里佳さんが遊佐さんの想い人だってわかってホッとしてたし。あれは恋する乙女でしょ」

「そうですね。……僕もちょっとそんな感じしました。……けど、本人も気づいてないかもしれない、そんな感じですね」

「おいおいおい。ややこしいこと言わんでくれ」

「イヤなんですか?」

「イヤとかそういうんじゃなくてさ。俺、バドに恋愛からめたくないわけ」

「なるほど。じゃ、今のは忘れて、今まで通りってことで」

「そんな、簡単にいくか。ボケ」

菱川さんは、立ったまま、作り立てのオムレツを食べ出した。

それを横目に、輝たちは、食堂に料理を運ぶ。

水嶋くんと岬くんもランニングから戻り、シャワーを浴びた後手伝いに入ってくれたので、意外に早く終わった。

「あの、菱川さん、なんで立ってオムレツ食ってんの?」

「青春の喜びと悲しみ、ですかね」

「なにそれ？」

「まあ、人にはそれぞれ、アオハルがあるってことです」

「菱川さんって、もうアオハルって年じゃないよね」

小声だったが、菱川さんの耳には届いたようだ。

「水嶋、お前、今日、夕食のお代わり禁止な」

水嶋くんの、この世の終わり、のような顔を輝は初めて見た。


朝食後、体育館に向けて部員たちは走る。

輝と榊、マネージャーの人たちは、それぞれに荷物を持ち、同じ道を歩いていく。

「でっかいなあ」

榊くんが見上げたのは、道の両側に咲き誇るヒマワリだ。

下見で歩いていた時もヒマワリを見たはずだ。

でもなぜか記憶にない。

榊くんの言葉で、初めて、その存在感を認識した。

都会ではちょっと目にしないような大きなヒマワリの黄色と、空の青と入道雲の白、木々の緑。まばゆい色の競演に、輝は少し目が眩《くら》んだ。

横浜湊の合宿最終日。

熱中症の症状の子が一人出て、輝はそちらに付き添った。

経口補水液を飲ませ、涼しい場所で休ませた後、車で診療所に向かった。

幸いお医者さんからも宿舎で休んでいれば大丈夫、とお墨付きをもらい、輝はそれを海老原先生に報告すると、宿舎に戻った。

「すみません。迷惑かけて」

「いいんですよ。こういう時のためにいっしょに来ているんですから。……先生言ってましたよ。よく頑張りました。心配せずゆっくり休むようにって」

「……はい」

一年生の長尾《ながお》くんは、小学生からバドミントンをやっているが、推薦でやってきたわけではない。テレビで見た水嶋くんのプレーに憧れ、自ら横浜湊にやってきてくれた子だ。

「……情けないです。俺だけ……」

「僕なんか、もっと情けなかったですよ。高校から始めたってこともありますが。何をやっても最後で、お荷物で。でも……そんな僕を横浜湊は見放さず、寄り添い、励まし、僕が僕のできることを見つけるまで見守ってくれました」

「内田さんは、部長だったんですよね？」

「はい。おかしいでしょう？　試合にも出られない僕が部長として、チームを指揮してたなんて」

「……そんなことないです。俺、内田さんのノート、全部読んでます。それで見つけたこと、気づいたこと、たくさんあります。……長谷部部長も言ってました。バカにして挑んだ下級生はみな完膚なきまでにやられたって。本当は強いのに、次につなぐために自分は参謀でい続けたって」

「本当に強かったら、試合に出ていましたよ。ちょっとうまくなれたって、全然彼らには追いつけなかった。……水嶋くんや榊くん、それに、松田くんにツインズ、僕の同期はとてつもなく強かった」

「俺、何度も去年の決勝見ました。みんな本当に強くて」

「……遊佐賢人という稀有な天才が彼らを全身全霊で育ててくれましたから。海老原先生と横川部長が、大きな器が僕らを包んでいてくれましたから」

「でも、俺らは、この夏、優勝できなくて。春日さんと桝田さんは頑張ってくれたのに」

埼玉ふたばとの決勝戦。

二勝三敗で横浜湊は敗れた。

春日・桝田ペアの第一ダズルス。春日の第二シングルス。

これが、横浜湊が勝てたゲーム。

来年は、春日くんと桝田くんもチームにいない。

「横浜湊だけが頑張っているわけじゃないですからね。……横浜湊は、勝っても負けても、いつも王者に挑む者なんですよ。……僕はそれでいいと思っています。いつもどこまでも挑戦者であればいいと」

「挑戦者」

「ええ。勇往邁進……次の挑戦を期待していますよ。……ということで、みんなが戻ってくる前にお風呂に入って、消化のよいものを食べておきましょう」

「でも、俺のためだけに別メニュー頼むのは」

「大丈夫、榊くんが、お届けしてくれるそうです」

輝がスマホの画像を見せる。

「中華粥《ちゅうかがゆ》ですか？」

「そう。松田くんもね、沖縄で優勝を決めた後、今の君と同じような症状で病院に行って、その後、ちょっと回復してから中華粥を食べたんだそうです。それがとても美味しかったって、榊くん聞いていたからでしょうかね」

榊くんは、他にもゼリーやアイスクリームなど、口当たりのいいものも買ってきてくれた。

海老原先生が宿舎に戻ってきたタイミングで、輝は一度、早教大の合宿所に戻った。

夕食をとり、また、水嶋くんと菱川さん、それから、今日はイナゴが出なかったと聞いたせいか、岬くんもいっしょに横浜湊の宿舎に出向いた。

榊くんも後片付けをすませたら合流するそうだ。

「岬さん、サインください」

後輩たち、特に一年生が岬くんに集まる。

「おいおいおい。そこは水嶋先輩、サインお願いしますだろ」

菱川さんが笑う。

「水嶋さんのは、いつでももらえますから。なにかと、体育館にやってくるし。遊佐さんとか横川さんとか、……菱川さんも」

「俺はコーチだろうが」

菱川さんが、ヤレヤレと肩をすくめる。

「岬さんは、もう会えないかもしれないし。……俺ら、水嶋VS.岬のあの決勝戦、何度見たか。何回見てもしびれるんすよアレ」

そこから、また輝が保存している、その試合の動画をみんなで見た。

水嶋くんと岬くんは、ちょっと照れくさそうにしていたけれど、ちょうど合流した榊くんといっしょに、驚くほど客観的にゲームの解説をしていた。

この時はどんなことを考えていたのかとか、これは明らかに判断ミスだったなとか。

後輩たちは、真剣にその言葉に耳を傾けていた。

そして時おり質問もしていた。

「ここ、攻めに入ったタイミングなんですけど、もう一つ前でもよかったんじゃないですか？」

「ああ、そこね。けど見て。ここの岬。これフェイクなんだよ。誘ってんの俺を前へ。それがわかったから、もう一回、振り回すことにしたんだ」

「なるほど」

「けどその後、亮は、せっかくとった1点をサービスミスで俺に返してくれたんだよな」

「……ま、そういうとこあるな。水嶋は」

菱川さんは笑う。

みんなが笑う。

その時、輝はふいに思った。

大丈夫。

このチームはきっと、また凜々《りり》しい挑戦者として、あの舞台に立ち、勝利に向かって突き進むだろう。

「勇往邁進」

輝を見ながら、先生が言った。

「結局、それしかないんですよ」

僕は、これからも何度もあの日のときめきを思い返すだろう。

汗と、音と、そして風。

風をできる限りシャットアウトした体育館で、時に生まれてくる風。

輝は、その風を何度か見たことがある。

あの風を見た者は、死ぬまで、あの風に焦がれるだろう。

そして、生み出した者は。コートを去るまであの風を求めて走り続けるのだろう。

「ラブオールプレー」

それは、風のない場所で、風に焦がれ、風を求め、風にのって見たことのない場所に行くための魔法の言葉なのかもしれない。

選手は孤独だ。

アドバイスを聞くことは、インターバルでしかできない。

それなら、短いインターバルで彼らにできる限りのことをやろう、と輝はかつて決意したことを思い出す。

でもそれは、試合の間のインターバルだけじゃないんだ、と今ならわかる。

インターバルは、ゲーム中以外のすべての時間に存在する。

準備は果てしなくある。

つまり、できることは無限だ。

「果てしないな……」

遊佐さんが、勝利の瞬間にそう呟いていたと横川さんに聞いたことがある。

本当に、果てしない。

この道も、あの道も、どの道も。戻り道でさえ果てしない。

輝は、画面に夢中になりながら、熱くバドミントンを語る者たちの背中を見て、なぜか少し涙ぐんでいた。

榊くんがそっと差し出してくれたタオルは、ほんの少し硫黄《いおう》のにおいがした。

本書の刊行にあたり横浜高等学校バドミントン部の皆さんに取材にご協力いただきました。

バドミントン部監督の海老名優先生、選手の皆さんに心から感謝申し上げます。

ラブオールプレー
勇往邁進《ゆうおうまいしん》
小《こ》瀬《せ》木《き》麻《あさ》美《み》

2022年9月5日初版発行

発行者……千葉 均
発行所……株式会社ポプラ社
〒102-8519 東京都千代田区麹町4-2-6

フォーマットデザイン 荻窪裕司(design clopper)
組版・校閲 株式会社鷗来堂
印刷・製本 中央精版印刷株式会社

ポプラ文庫ピュアフル

ホームページ www.poplar.co.jp

N.D.C.913/250p/15cm
ISBN978-4-591-17517-0
P8111342

きらめく青春ハンドボール小説!!

小瀬木麻美

『あざみ野高校女子送球部!』

装画：田中寛崇

中学時代の苦い経験から、もう二度とチーム競技はやらないと心に誓っていた凜。しかし高校入学後、つい本気で臨んだ新体力テストで遠投の学年記録を叩き出してしまい、凜はハンドボール部顧問の成瀬から熱い勧誘を受けて……。ハンドボールの面白さを青春のきらめきとともに描き出すさわやかな青春小説。

ポプラ文庫ピュアフルの好評既刊

装画：yoco

華麗な謎解きが心地よい、
香りにまつわる物語。

小瀬木麻美
『調香師レオナール・ヴェイユの香彩ノート』

天才調香師レオナール・ヴェイユは、若くして世界的大ヒットとなる香水を開発した一流調香師。香りに色が見えるという共感覚を持ち、誰にも作れない斬新な香水を生み出してきたレオナール。世界的なヒットを飛ばしたあと、依頼者だけのための香りを生み出すプライベート調香師となった謎多き彼に、主人公・月見里瑞希は依頼状を出すことに——。

天才調香師レオナール、
依頼主のために京都へ。

小瀬木麻美
『調香師レオナール・ヴェイユの優雅な日常』

装画：yoco

天才調香師レオナール・ヴェイユは、若くして世界的大ヒットとなる香水を開発した一流調香師。独特の感覚を持ち、誰にも作れない斬新な香水を生み出してきた。世界的なヒットを飛ばしたあと、依頼者のためだけの香りを生み出すプライベート調香師となった謎多き彼になぜか気に入られた月見里瑞希はレオナールのアシスタントのような存在となり……。

アルバイト先は妖怪の古道具屋さん!?
取り扱うのは不思議なモノばかり――。

峰守ひろかず
『金沢古妖具屋くらがり堂』

装画：烏羽雨

金沢に転校してきた高校一年生の葛城汀一。街を散策しているときに古道具屋の店先にあった壺を壊してしまい、そこでアルバイトをすることに。……実はこの店は、妖怪たちの道具〝妖具〟を扱う店だった！　主をはじめ、そこで働くクラスメートの時雨も妖怪で、人間たちにまじって暮らしているという。様々な妖怪や妖具と接するうちに、最初は汀一を邪険に扱っていた時雨とも次第に打ち解けていくが……。お人好し転校生×クールな美形妖怪コンビが古都を舞台に大活躍！